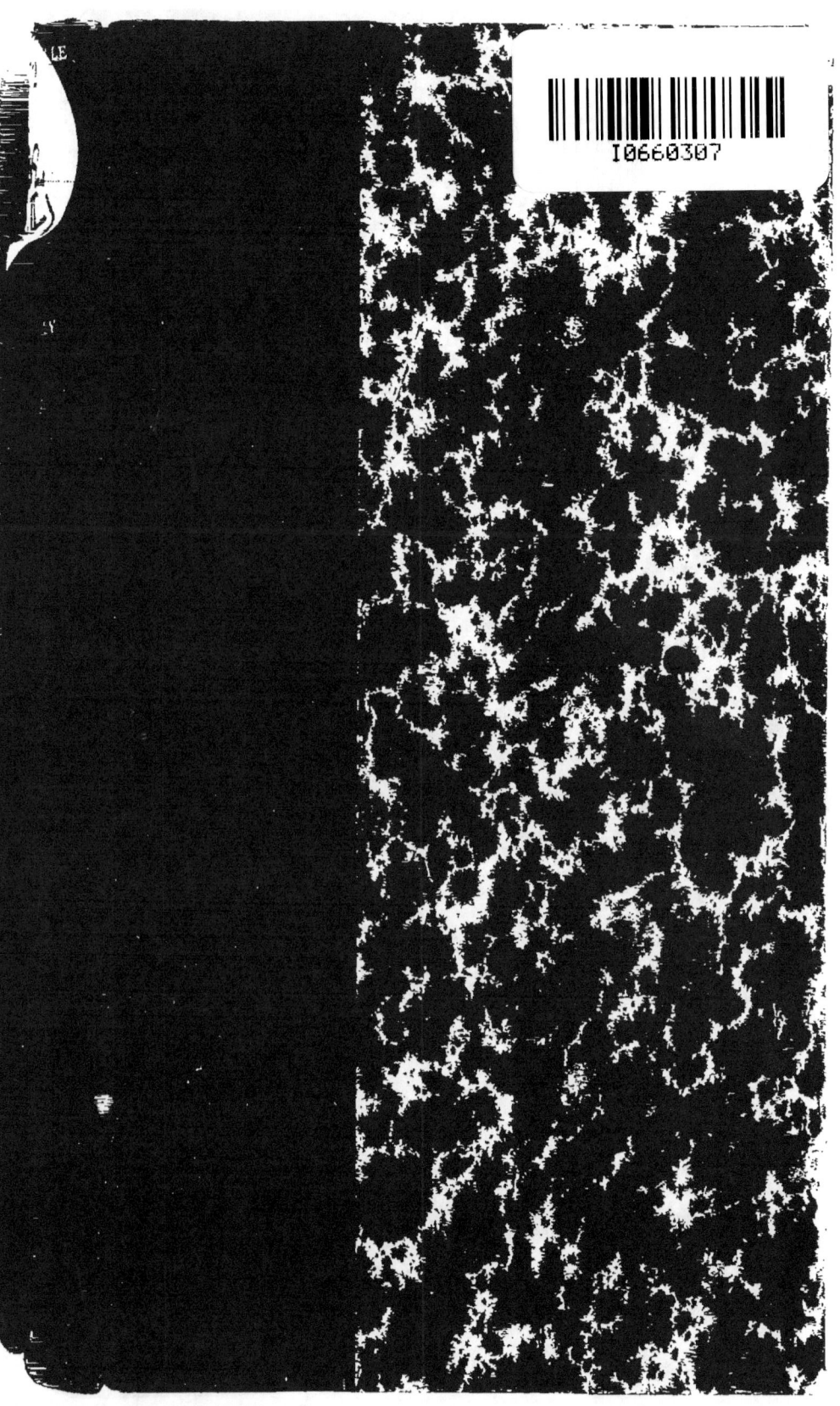

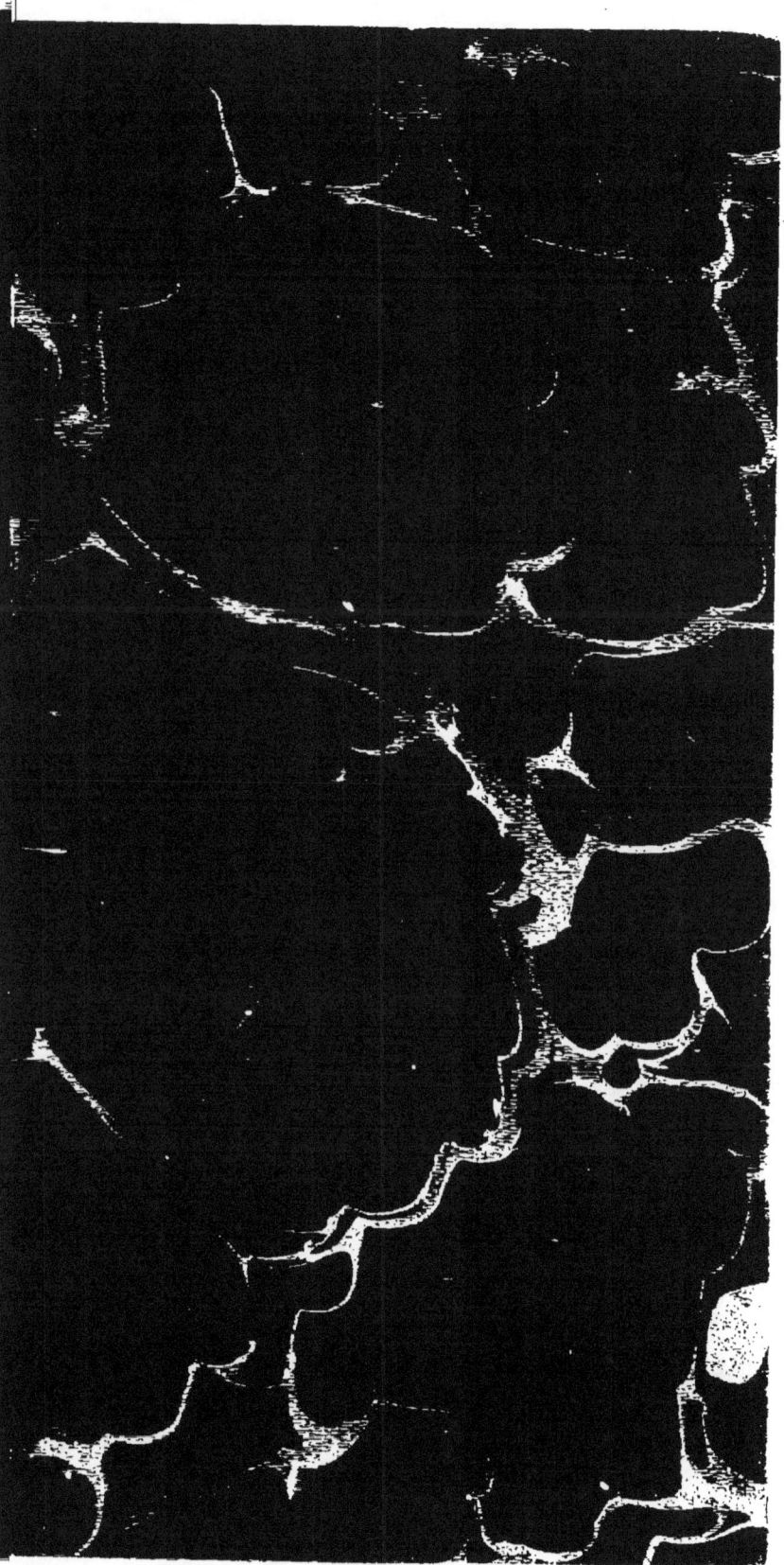

ŒUVRES

DE

J. BARBEY D'AUREVILLY

ŒUVRES

DE

J. BARBEY D'AUREVILLY

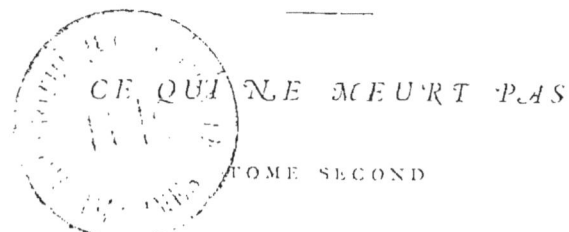

CE QUI NE MEURT PAS

TOME SECOND

FAC ET SPERA

AL

PARIS

ALPHONSE LEMERRE, ÉDITEUR

27-31, PASSAGE CHOISEUL, 27-31

—

M DCCC LXXXVIII

DEUXIÈME PARTIE

CE QUI NE MEURT PAS

———

I

AVEZ-VOUS jamais, vous qui lisez ces pages, voyagé à travers ces marais du Cotentin qu'on a essayé de décrire, et qui sont assez vastes pour que seulement les traverser puisse vous paraître un voyage?... Si c'est vers la fin de l'automne ou en plein hiver que vous les avez parcourus, vous avez pu juger ce qui appartient à la nature de ces parages, qui coupent

sur le fond si riant ailleurs de la Normandie,
et à l'originalité mélancolique qui les distingue.
Or, c'est surtout l'hiver qu'il faut voir ces
marais, devenus des vallées d'eau infinies,
désolées, monotones et que rien n'anime plus,
— sinon les pauvres bateliers, qui, par tous
les temps, tirent au grelin leurs bateaux à
tangue le long des chemins de halage englou-
tis et couverts par la Douve débordée, et
quelques rares et intrépides chasseurs de sarcelles et de canards sauvages, plongés dans
l'eau, stoïquement, jusqu'aux reins, pour ajuster
de plus près, sur le gibier qu'ils veulent
abattre, les coups de leurs longues canardières.
Excepté ces deux espèces de gens, il n'y a plus
un être humain dans ces solitudes inondées,
et s'il y a encore un être vivant, c'est parfois
un héron taciturne, qui rêve, planté debout
dans sa touffe de joncs isolée, ou un fort
poisson, qui saute lourdement par-dessus un
barrage en remontant péniblement vers la mer.
Les bestiaux, cette vie tachetée des marais,
sont presque tous rentrés aux étables. Leurs
mugissements ne traînent plus dans le silence
et dans l'espace. A ces mugissements ont suc-
cédé les cris sinistres et redoublés des cor-

beaux croassants du fond des nuées, sans qu'on les voie, ou dans l'épaisseur des brouillards. L'eau qui sourd du sol et qui s'amoncelle traîtreusement, sans avoir l'air de bouger, n'est plus bleue et n'étincelle plus, sous un ciel opaque uniformément gris, foncé très souvent jusqu'au noir, précurseur des averses. Elle ne forme plus les mille petits lacs aux facettes mobiles dans lesquelles se mirait l'été. Elle s'est changée en nappe énorme, dont le morne aspect vous transit et vous noie l'imagination et le cœur comme le plus triste des désastres, — le désastre d'une inondation qui a consommé sur toute la surface d'un pays son ensevelissement liquide, et où il n'y a plus rien à sauver !

C'est pour ce terrible paysage d'hiver qu'ils étaient revenus d'Italie. Après un séjour de deux ans dans le pays du soleil, ils se retrouvaient dans leur pluvieux château des Saules. On était alors en Décembre, et ils se tenaient, au coin du feu, dans un des pavillons qui faisait face au marais, madame de Scudemor, Camille, et Allan de Cynthry. L'appartement autour d'eux était un salon de forme ovale, un appartement de famille, de vie domestique et

recueillie, arrangé avec un grand goût de simplicité. Quoique le froid ne fût pas très sensible dans ce salon bien clos et dont le parquet
était recouvert d'un tapis épais, un large feu
brûlait dans la cheminée. Ce n'était pas la
flamme claire et gaie du bois de pommier,
mais l'âcre consomption du chêne. Feu sombre,
qui a des tisons et peu de lueur, et dont le
frémissement, ennuyeusement incessant, se
mariait au clapotement de la pluie fine et
pressée que le vent chassait aux vitres des
fenêtres et qui les cinglait.

C'étaient là les seuls bruits qu'on entendît
dans le salon et au dehors. Madame de Scudemor, sa fille et Allan, ne se disaient rien,
soit qu'ils fussent livrés à quelque rongeante
pensée intérieure, soit que cette matinée de
Décembre les eût jetés dans une de ces tristesses sans autre motif que le temps qu'il fait,
et comme si le meilleur motif de toutes les
tristesses n'était pas d'être des créatures
humaines! Le jour, grâce à la blancheur du
plafond et des rideaux, était plus grand dans
le salon que dehors, où il tombait d'un ciel
sale et bas, cerné des fumées de la pluie à
l'horizon que l'on découvrait de la fenêtre.

Était-ce ces deux ans de séjour en Italie, était-ce les fatigues du voyage ou quelque autre cause du même genre, qui avaient altéré la santé de la comtesse de Scudemor? mais elle était visiblement souffrante. Les médecins lui avaient conseillé beaucoup de repos. Les veilles de Paris ne lui valaient rien. A la prière de Camille et d'Allan, elle s'était enfin décidée à attendre le printemps aux Saules. Ces deux ans d'absence avaient durement pesé sur elle. Le soleil à moitié plongé dans la mer était entièrement englouti. L'Italie avait tout dévoré.

Ce jour morne seyait à son front morne, sur lequel sa main lissait, comme autrefois, avec le geste que nous lui connûmes, ses bandeaux envahis d'une cendre maintenant cruelle. A demi couchée sur une causeuse, elle regardait avec la distraction d'un être souffrant et désoccupé le feu de l'âtre, assez semblable à son regard, d'une flamme, pour ainsi dire, épaissie... Sa taille avait perdu de son habitude d'imposance, et quoique la trace en fût indélébile, son attitude était affaissée et abattue. Les aigles blessés à mort ne pendent-ils pas l'aile comme les colombes? Une robe de négligé en soie brune l'entourait de longs plis, et la statue avait encore, sous cette soie collant aux contours, des moulures d'une telle énergie, qu'on aurait facilement oublié que l'argile avait remplacé le marbre.

Allan était debout contre la cheminée et le dos tourné à la glace. Ce n'était plus l'Allan d'autrefois, à la beauté d'Androgyne. Le rêve enchanté de Polyclès s'était évanoui. Il avait perdu ses lignes féminines et sa joue d'Aurore. Ce n'était plus le céleste Séraphin sans ailes qui faisait rêver les deux sexes. C'était un homme, moins beau de la beauté de la forme et de la couleur, plus beau de la beauté morale. L'âme avait usé son fourreau de chair, et le glaive resplendissait à travers. Les hommes superficiels appellent cela vieillir! Il avait extrêmement bruni, et sa barbe, rasée de fort près, bleuissait le contour d'un menton qui, sans cette teinte d'azur, aurait trop gardé de sa voluptueuse mollesse d'adolescent. La trace de ses longues souffrances se marquait dans la dépression de l'angle des yeux. Combien de temps faut-il à la goutte de pluie tombant toujours à la même place, pour trouer le granit d'un roc?... Combien, pour qu'une larme acharnée incruste la sienne sur nos

visages ?... Son front byronien, qu'il devait à
l'enthousiasme de sa mère, avait, sous ses cheveux juvéniles, luisants et bouclés, quatre-vingts
ans de pensées moroses et de douleurs hâtives ;
front génial et grandiose comme celui d'un
buste sophocléen, quoique sans laurier alen-
tour. Il n'était ceint que de ces premières rides,
chevrons de la vie qu'on porte haut pour que
mieux on les voie, seule couronne qui accom-
pagne bien nos calvities prématurées, dans nos
fatuités de César ! Du reste, partout ailleurs
qu'aux sommités de la face, il respirait la jeunesse, une jeunesse pleine, écumante, souple,
cambrée, cette jeunesse qui fait de nous des
Demi-dieux, parce que nous ne sommes des
hommes qu'à moitié.

Aussi distrait que madame de Scudemor, il
avait les yeux vaguement tournés vers Camille,
placée en face de lui à une des fenêtres et travaillant à une broderie. Elle était alors ce que
les femmes, dans leur singulier langage de
pudeur et d'indécence, appellent *tout à fait
formée*. Sa tête, d'un roux sombre qui touchait
au noir, tant, comme Allan, elle avait bruni
en Italie, s'harmoniait bien avec la tenture
feuille-morte du salon ; mais on ne voyait que

les courbures du front incliné et la ligne idéale du cou, se perdant sous une pèlerine modeste, et se retrouvant au corsage pour se perdre encore dans la robe flottante. Bain à mi-corps dans des tissus épais ou légers de toutes ces sirènes des jardins d'Armide, pour qui les indolences de la démarche ont des souffles trahissants; perspectives distinctes et tout à coup troublées à travers les limpidités de ces voiles.

Tels étaient les changements qu'on pouvait remarquer en ces trois personnes. Placées dans la vie à ces âges de transition, pentes plus rapides, sentiers qui tournent, il devait toujours se trouver des espaces entre elles; mais, à présent qu'elles avaient avancé toutes les trois dans la spirale de la montagne, des pics arides séparaient Allan de madame de Scudemor, tandis qu'entre Allan et Camille, à peine y avait-il quelques genêts faciles à franchir.

Soit qu'il y eût un secret embarras dans le silence prolongé dont on est parfois heureux de sortir par une réflexion indifférente ou vulgaire, soit qu'il lui fût resté au bord des yeux et de la pensée quelque splendeur de l'Italie — étincelante écume non séchée encore aux

grèves du souvenir — et que cette image,
comme un précieux flacon d'essence, substan-
tiel débris de toutes les roses de Trébizonde,
qui nous jette à respirer dans les mortelles langueurs du pays quitté, la lui fît, de douce
qu'elle devait être, douloureuse par l'effet du
contraste avec la pluvieuse et glauque Normandie :

— « Quelle différence — dit Allan — de ce
pays avec celui que nous venons de quitter !

— C'est vrai ! — répondit Camille, dont la
voix n'était plus la céleste musique d'autrefois :
il y a dans la voix comme un bouton de rose
que la puberté déchire. — Depuis que nous
voici revenus, je suis comme vous, Allan, je
sens bien mieux cette différence. Là-bas, on vit
tant ! Le luxe de la vie vous éblouit. Plus loin,
on en juge mieux. L'Italie n'est vraiment belle
qu'à la réflexion.

— Savez-vous que ce que vous dites là, tout
en enfilant votre aiguille, — repartit Allan, —
est presque profond, ma jolie *penseuse* ?

— Oh ! je ne pense point, monsieur le mauvais plaisant, — dit-elle, avec une légèreté
charmante. — Quand j'ai une impression dans
l'âme, je la dis. Voilà tout. »

Et si celle qui disait cela n'était pas la plus
naïve des jeunes filles, elle en était la plus
hypocrite. Qui n'a pas frémi en songeant à ce
que pourrait cacher le naturel?...

— « Vous rappelez-vous — ajouta-t-elle, en
le regardant soudainement, — nos longues promenades à Venise, sur la mer toute rouge, au
soir? Et à Florence, près de l'Arno, où vous
nous lisiez si souvent Pétrarque? Nous ne
croyions pas alors que des jours qui nous
paraissaient si beaux nous le paraîtraient
davantage encore aux Saules, l'hiver suivant.

— C'est l'effet du souvenir, — dit Allan.

— Tous les souvenirs ne resplendissent pas! »
— murmura madame de Scudemor, qui s'était
toujours tue jusque-là. Et comme si elle se fût
repentie de ce mot, qui ressemblait à une
plainte :

— « Vous rappelez-vous aussi, Allan, — continua-t-elle avec une indéfinissable expression
et en changeant d'attitude sur sa causeuse, —
quel peu d'empressement vous aviez de voir
l'Italie, lorsque nous partîmes? Avec quel
dédain vous en parliez? Je vous en faisais la
guerre. Je ne concevais pas qu'une imagination
comme la vôtre ne fût pas remuée par la

perspective d'un voyage dans ce beau pays.
Avouez que, depuis, vous avez bien expié vos
préventions méprisantes, et que vous l'avez
aimée, cette contrée, pour tout l'amour que
vous refusiez imprudemment de lui donner? »

Ces paroles, d'une gaieté apparente dans
l'accent, renfermaient une intention dont
Camille n'avait pas le secret, mais qui n'échappa
pas à Allan. Il ne répondit point. Il s'était
retourné à demi et il torturait un des chenêts
avec sa botte.

— « Et j'en fus bien joyeuse, mon ami, —
reprit la comtesse. — J'ai bien joui de votre
enthousiasme, quoique je ne le partageasse pas
toujours, ce qui vous fâchait quelquefois.
C'était comme ce monde dans lequel vous ne
vous laissiez entraîner qu'à regret, et que
bientôt vous ne quittâtes plus. Le solitaire devint
presque un dandy. Me diriez-vous bien, mon
sauvage rêveur, combien vous avez dansé de
contredanses chez l'ambassadeur de Naples? »

Certainement, il se jouait une fanfare dans
cette gaieté douce, — une fanfare pour les
échos du cœur d'Allan. Sons de victoire longtemps attendus, et qui constataient une défaite
dont il était intérieurement humilié.

— « Eh! mon Dieu, — continua-t-elle, — on
dirait, mon enfant, que vous êtes honteux
d'aimer le monde, comme si vous n'aviez pas
vingt ans? Aimez-le, allez! et d'autant plus
que vous ne l'aimerez pas toujours. Écoutez!
— ajouta-t-elle, en se penchant vers lui et lui
prenant la main pour l'attirer sur la causeuse,
— je veux que vous me trouviez bien aimable
aujourd'hui... »

Et elle souriait avec une grâce un peu
coquette, mais adorable. L'élégante simplicité
de ses manières était irrésistible. Camille
releva la tête et oublia sa broderie, en souriant
aussi, sous l'impression du charme de sa mère
dans certains moments. Chose admirable, que
ces deux sourires face à face, l'un juvénile, de
nacre et de pourpre, l'autre qui n'était plus,
hélas! que spirituel.

— « Si vous avez été assez généreux, mon
ami, — reprit-elle, — pour vous enterrer tout
un immense hiver aux Saules, je le suis trop
pour accepter un pareil sacrifice. Je ne vous
exilerai point de Paris et de ses fêtes. Retournez-y! Je vous le permets, je vous en prie, je le
veux même. Retournez-y! Écrivez-nous, et re-
venez au printemps nous raconter vos plaisirs.

— Je vous remercie, — fit Allan, avec un embarras visible, — mais je tiens beaucoup à vous prouver que je n'aime pas autant le monde que vous le supposez ; du moins, que je ne le cherche pas. Ma place est ici, et non ailleurs. Vous êtes souffrante. C'est à celui à qui vous avez tenu lieu de mère et que vous avez sauvé de la mort ici-même, c'est à moi — insista-t-il, en pressant expressivement la main qu'il tenait dans les siennes, — à vous soigner. »

Elle voulut combattre cette résolution, mais elle était indestructible et tous ses efforts furent perdus, quoique Allan, à cause de la présence de Camille, ne pût pas objecter à madame de Scudemor un sentiment qui n'admettait pas de réplique. Seulement, pourquoi, si ce sentiment existait toujours, les allusions de la comtesse à l'Italie et à l'amour du monde qu'Allan y avait montré ? Pourquoi le désir exprimé de le voir passer l'hiver à Paris ? Et si c'était une suite de la dissimulation à laquelle ils étaient obligés l'un et l'autre, pourquoi l'embarras d'Allan ?... N'était-il pas permis de penser, plutôt, que les mois qui venaient de s'écouler cachaient un changement bien autre-

ment profond que le changement extérieur qui
était en eux? C'est bien plus sur l'âme que
sur les traits qu'il faut compter les années. Les
Anciens, pour symboliser l'immortalité, avaient
posé sur une tête de mort un papillon, les ailes
ouvertes. Mais l'ingénieuse image se retournait
contre l'idée même qu'elle voulait exprimer;
car le papillon ne pouvait-il pas signifier les
années fragiles, et la tête de mort l'âme humaine, qui, du moins dans ses sentiments,
n'est pas immortelle, et sur laquelle le papillon,
la vie, les ailes ouvertes, restent trop souvent
comme une ironie du Destin?...

II

ᴇʟʟᴇ avait été une prophétesse, la
comtesse Yseult de Scudemor.
Cette Sibylle des passions éteintes
avait mesuré l'amour d'Allan à la
mesure, qui ne trompe jamais, de l'expérience
et de la nature humaine. Ces deux années lui
avaient prouvé la légitimité de ses prévisions.

Pendant son séjour en Italie, Allan (est-il
donc besoin de le dire?) était revenu à la vie
que ses torts vis-à-vis de madame de Scudemor
avaient noblement interrompue. Ah! la noblesse des âmes passionnées ne dure jamais

longtemps. Allan l'aimait trop encore — et
savez-vous ce que c'est qu'un premier amour? —
pour ne pas éprouver la soif du breuvage altérant dont il avait si largement bu. S'il avait
trouvé une répugnance, une objection, un
refus, la millième partie du plus léger refus,
peut-être eût-il été repoussé sur lui-même;
peut-être eût-il envisagé de nouveau les résolutions qu'il abandonnait et se fût-il repris à
elles? Peut-être, tout honteux de n'être pas
au niveau de l'amour qu'il avait appelé le plus
grand parce qu'il était le plus pur, fût-il revenu à ses remords, pour les perdre dans une
adoration respectueuse?... Mais Yseult ne fut
pas l'occasion de cette conduite. Elle demeura
ce qu'elle avait toujours été; odalisque qui ne
ramassait pas le mouchoir, mais qui ne détour-
nait pas la tête.

Quand il n'y a pas un brin d'herbe qui résiste à la mer montante, la grève est bientôt
envahie. Quand l'homme sent qu'il n'a plus
qu'à vouloir pour avoir, il veut; ou bien le
désir est mort dans son âme. Pour peu qu'il
y soit, l'idée qu'on peut tout donne le vertige.
Il faudrait être un Dieu pour résister, et encore Dieu, sans la Grâce et avec la Liberté

qu'il a donnée à l'homme, ce serait l'indifférence. Chose épouvantante à penser! on ne
saurait concevoir un désir dans la puissance
infinie sans supposer le chaos, ou plutôt sans
nier Dieu lui-même. Que voulez-vous donc que
l'homme devienne, grand Dieu! quand il a le
désir et que vous lui envoyez la puissance?...

Allan fut un exemple de plus de la fragilité
humaine.

Tout lui fut motif de défaillance, cause de
chute, raison pour redevenir insatiable, dans
ce voyage de deux ans avec la femme aimée.
Vous rappelez-vous qu'un soir elle le lui avait
dit?... Le voyage a tant de détails, tant de né-
gligences, tant d'imprévu qui sert à se si bien
cacher, quand on s'entend! Vraiment, les pièges
venaient chercher Allan. Indescriptibles journées qui enlacent par des habitudes nouvelles
ceux mêmes que les habitudes anciennes de
l'intimité avaient lassés et qui étaient sur le
point de s'en déprendre, renouvellement d'émotions qu'on ne croyait plus possibles, que sont-
elles donc, quand elles ne nous ont pas quittés?
Dans la vie la plus étroitement et la plus entièrement fondue, on n'est pas toujours l'un à
côté de l'autre; le dehors vient se mêler au

dedans, les distractions nous séparent. Mais en voyage, rien n'interrompt les jours passés, flanc à flanc, dans les balancements voluptueusement irritants de la voiture, qui vous rapproche de toutes ses ondulations. Vous n'aviez jamais vu cette femme ainsi sous tous les arcs de lumière, depuis le point du jour jusqu'au crépuscule, et la nuit ne vous avait pas surpris n'en pouvant plus de toutes les émotions de vingt-quatre heures regorgeant les unes sur les autres. Que si le voyage est bien long, quand on arrive enfin, n'y a-t-il pas un poids de désirs dont on étouffe et dont il faut se débarrasser? Et si c'est en Italie qu'on arrive, — en Italie, où, n'en eût-on pas, on irait chercher les passions, — dans ce pays, beau comme la femme et maudit comme elle, les serpents engourdis ne relèvent-ils pas la tête à ce soleil où vont se réchauffer les malades, et qui, dit-on, empêche de mourir?

Mais cette phase de l'amour d'Allan était le dernier mouvement d'ascension, après lequel il ne trouva plus qu'une courbe à descendre. Il y a des sentiments qui meurent soudainement, comme frappés d'une foudre invisible; c'est le néant qui mate l'homme, alors. Il y en

a d'autres qui s'énervent et qui s'oblitèrent
avec lenteur; c'est l'homme qui livre une bataille, perdue du moment qu'elle s'engage avec
ce néant, plus fort que lui. L'amour d'Allan fut
de ces derniers. Il eût été assez difficile d'en
suivre les insensibles dégradations. Probablement, Allan lui-même ne les aperçut que fort
tard.

Chose singulière! il pardonna plus à Yseult
d'être en dehors de son amour que de tous ses
autres enthousiasmes. Il ne savait pas qu'il y a
un fond dans le cœur humain où, pour peu qu'on
y soit descendu, on n'entend plus rien de la
musique de la terre, on ne voit plus rien du
ciel et du jour. Il ne savait pas que la douleur
fait en bas ce que le génie fait en haut, et rend
toute admiration impossible. N'était-ce pas là,
pour lui-même, un témoignage de l'affaiblissement de son amour, que cette espèce de ran-
cune contre Yseult à propos des choses de
l'art et de la pensée? N'était-ce pas, en quelque
sorte, la tenir quitte de celle qu'il lui avait involontairement gardée si longtemps pour la
stérilité de sa sympathie? D'ailleurs, quand la
passion est intense, s'aperçoit-on que la femme
aimée ait un esprit? Rivarol aimait les femmes

bêtes. C'est l'histoire de l'intelligence dans l'amour.

Quelle que fût l'époque où Allan put juger du vide immense qu'un amour qui s'évanouissait laissait dans son âme, — car qui sait le jour où la colonne lumineuse tomba du front pâle de la femme qui en était la base et le laissa obscur en présence de l'imagination dégoûtée ? — toujours est-il qu'une honte secrète l'empêcha de se l'avouer, et quand il n'y eut plus moyen de se méprendre sur ce qu'il éprouvait, il n'eut pas le courage d'être vrai avec madame de Scudemor. Par l'effet d'une niaise délicatesse, on se croit obligé à tenir — même vis-à-vis de soi — les promesses que l'amour faisait, en toute assurance, à l'heure qu'il était robuste et ardent. On ne veut pas avoir le démenti de l'éternité à laquelle on croyait. Et, quoique dans la position d'Allan il n'eût pas de cœur à ménager, il resta parlant d'amour encore et n'en ayant plus... Imagination pleine de force, il s'exaltait en parlant d'un sentiment qui dépérissait, et il réussissait à se donner le change, ainsi qu'à Yseult. Mais le lendemain, quand elle n'était plus là, quand, le matin, sorti à cheval, selon sa coutume, pour explorer quel-

ques paysages, — à ce moment où l'air est si
pénétrant et le jour si radieux que notre âme
en semble éclairée, — il regardait en soi d'un
œil ferme, il voyait, clair comme ce jour d'Italie,
qu'il ne l'aimait plus.

— « Pourquoi donc — disait-il — ne me de-
vine-t-elle pas ? » — Et il faisait tout ce qu'il fallait
pour l'abuser, et si elle lui avait dit la vérité,
peut-être la lui aurait-il niée ; car telle est
notre inconséquence. Partagé entre la honte
d'avouer l'inanité d'un sentiment auquel on
avait mis son orgueil et le besoin de n'avoir
pas à en prodiguer l'expression mensongère,
on ne sait quel parti embrasser, et l'on voudrait qu'un autre, ou le hasard, dispensât
d'agir. On souffre de cette faiblesse, et on ne
la dompte pas plus que si c'était une force redoutable. État de l'âme mêlé d'une fatigue sans
repos et d'une secrète amertume ; ballottement
de fluctuations où le caractère perd, vis-à-vis
de lui-même, toute contenance et toute dignité.

Ce fut alors qu'il se jeta dans la vie extérieure, ce refuge impuissant de tous les misérables ou par le cœur ou par la pensée. Il ne
se contenta pas de la nature du pays enivrant
qu'il habitait. Il alla aussi dans le monde. Il

l'embrassa, ce monde, comme un ami qui le
sauvait de lui-même. Il le saisit par toutes ses
idées, par la taille de toutes ses danseuses.
Madame de Scudemor, qui n'aurait osé trop vite
croire à ce qu'elle espérait avec impatience,
était bien aise de voir qu'une distraction s'em-
parait vivement de ce jeune homme et le sortait de la fixité de la passion. Que de fois elle
chercha de son long regard, autour d'elle,
parmi les flots de femmes de ces fêtes, une
rivale heureuse qui lui volàt l'amour d'Allan!
Comme elle n'en trouva pas, ce lui fut une
raison pour croire que ce déplorable amour
subsistait toujours.

Aussi, rien ne fut-il changé à ces habitudes
d'une existence qui les avaient rendus plus
libres et plus cachés, en l'éloignant des yeux
de Camille, depuis qu'ils étaient en Italie. Ce
n'était pas tout à fait pour Allan la position de
ces maris sans amour auxquels il faut, pour
n'être qu'hommes, le duvet tiédi de la couche
nuptiale. Il n'était pas encore tombé si bas. Il
se reprenait à des illusions rapides; il s'embràsait de ses souvenirs. La contrainte qui le
faisait regarder péniblement l'aiguille de la
pendule des salons où il passait une partie de

ses nuits, n'entrait pas avec lui chez Yseult. Il
revêtait, en quelque sorte, son amour au seuil.
Mais aussi l'y laissait-il le lendemain. Le jour
n'était pas loin, sans doute, où il ne l'y re-
trouverait plus.

Ce jeune homme ne manquait aucune des
mille facettes de l'avilissement. Il se réper-
cutait dans toutes et s'y souriait avec horreur.
Comme tout ce qui est jeune, il avait habité
dans les régions de l'exaltation, — ces pics
vierges, colorés de l'éclat astral des pensées
nobles et dévouées avec lesquelles on commence la vie. — Et maintenant, il descendait
dans un air bas et fétide, avec une poitrine
accoutumée à toutes les puretés du ciel. Où
était la poésie de son amour? Vingt fois, elle
s'était heurtée aux réalités grossières; mais,
enfin, ce n'était qu'une souillure. A présent,
l'amour avait fui. La réalité restait seule. Et ce
n'était plus la passion aveugle et brûlante qui
l'y attachait, mais il ne savait quelle plus lâche
faiblesse encore. Il souffrait toujours, mais il
n'avait plus même le dédommagement de se
regarder souffrir avec la fierté d'un amour sans
espoir. Il n'avait plus de généreuses colères
contre lui-même, de ces intrépides mouve-

ments à la Caton d'Utique qui nous font nous déchirer, non pas les entrailles, mais le cœur, lorsque nous ne fraternisons pas avec nous. Encore quelque temps de cette vie indigne, et il serait entièrement dégradé.

Au moment où ils allaient quitter l'Italie, une souffrance pleine d'abattement que ressentit madame de Scudemor altéra les rapports qui existaient entre elle et Allan. Peut-être aussi une aperception tardive avait-elle pénétré dans l'esprit d'Yseult? Mais elle ne l'exprima pas. Seulement, elle prit occasion de sa souffrance pour empêcher une intimité qui ressemblait à du mariage comme les hommes l'ont fait, en le profanant. Une impérissable délicatesse ferma la bouche d'Allan à toute question. Entre des êtres distingués, il y a, à propos des choses les moins nobles d'une existence en commun, des explications impossibles.

Si les grandes misères intéressent, vous qui lisez, vous pouvez continuer cette histoire... Une pareille souffrance venait bien à temps pour Allan de Cynthry. Elle le soulageait de ce qu'il n'avait pas la force de rejeter. Elle faisait ce qu'un aveu de lui aurait fait plus tôt, s'il l'avait osé. Et, d'un autre côté, la vanité de l'amour, cette vanité de l'amour qui naît lorsque l'amour expire, se trouvait hors de cause. Le malheureux respira. Il avait autant de raisons pour se mépriser, cependant il se méprisa un peu moins. C'est que l'homme n'a pas le courage de se mépriser longtemps... C'est presque toujours une autre douleur qui rend celle du mépris perceptible. Quand cette douleur manque, le mépris perd son aiguillon d'emprunt et s'endort dans la blessure qu'il a faite.

Une plus grande liberté d'esprit le rendit aimable. On n'est aimable qu'à la condition de n'être pas passionné. Toutes ces ardentes personnalités qui savent aimer ne sont rien moins qu'aimables; elles troublent la vie des autres plus qu'elles ne l'embellissent. L'amabilité devrait être comptée parmi les Beaux-Arts, avec lesquels elle a une si grande analogie. Au lieu de la passion turbulente qu'il répandait sur la vie de madame de Scudemor, Allan l'entoura des soins les plus attentifs et de procédés de toute sorte. Ce fut une espèce de culte silencieux. On y pouvait voir de l'amour encore; on aurait pu y voir une tendresse tout autre que l'amour...

Quel que soit le résultat d'un grand amour
pour le caractère, qu'il le brise ou qu'il le flé-
trisse, on ne saurait nier que si l'homme en
réchappe, l'esprit n'ait gagné à cette rude
école. En exerçant son activité, on la double.
Mais on ne s'aperçoit du progrès que quand
on est sorti de l'absorption qui a développé, en
concentrant. Allan eut bientôt la preuve de
cette vérité. Il rentrait dans la vie de la pensée,
à mesure qu'il sortait de celle du sentiment,
enrichi de la foule d'idées que le sentiment lui
avait données. Moment grave, où l'homme
reprend la tâche de penser après avoir achevé
celle de souffrir.

Aux premières atteintes de son malaise,
madame de Scudemor eut le désir de revenir
en France, innocente fantaisie de malade
qu'Allan et Camille, qu'elle appelait dans le
monde *ses enfants*, avec une grâce si charmante,
ne songèrent pas à contrarier. Ils aimaient
pourtant bien, l'un et l'autre, le pays qu'il
fallait quitter. Allan, — qui y avait vécu dans
son cœur et dans sa conscience, double torture, talion éternel, — beaucoup moins que la
jeune fille. Sans doute, elle avait eu davantage
le loisir de cœur qui fait regarder autour de

soi et s'enchanter de ce qui est beau, mais n'y avait-il, dans sa préférence pour l'Italie, que les adorations dont les mystiques font le dernier mot de leurs admirations? Elle était partie du château des Saules avec la croyance que ce lieu lui porterait malheur, si elle y restait. N'y avait-elle pas perdu l'affection d'Allan, de celui qu'elle avait toujours regardé comme son frère? En Italie, au contraire, Allan n'avait eu ni blessantes manières, ni brusqueries. Il était redevenu doux et compatissant pour elle. On le comprend; l'amour d'Allan pour madame de Scudemor une fois éteint, Camille n'était plus que l'innocente créature avec laquelle il avait passé son enfance. Une autre raison lui avait fait reprendre aussi tout son intérêt pour Camille. Cette jeune fille, pendant son séjour en Italie, était arrivée à cet âge où les plus folles enfants deviennent sérieuses. Contraste entre la fraîcheur de cette vive matinée de jeunesse et la gravité charmante qui ne se permet plus le sourire. C'est comme si Dieu, au lieu d'un parfum, mettait une pensée dans une rose. Il est impossible de ne pas se sentir entraîné vers les femmes à cette époque de leur vie. C'est le moment où naîtraient les

frères, si l'homme était assez malheureux pour
vivre jusque-là sans idolâtrer sa sœur.

Ce retour d'amitié d'Allan, ce rapproche-
ment qu'elle ne cherchait pas, mais qu'elle
désirait et n'osait espérer, pauvre enfant que
souffrir avait déjà rendue défiante! avait mis
probablement, aux yeux de Camille, entre Les
Saules et l'Italie plus qu'une différence de
soleils. Aussi l'idée de revenir en France l'at-
trista-t-elle. Le voyage rendit ses regrets plus
vifs, en lui rappelant que chaque journée lui
emportait des lieues entières de sa bien aimée
Italie, — qu'à chaque nuit tombée, tombait,
déchiré un peu davantage, un adieu qu'elle
aurait voulu indéfiniment prolonger. Le jour,
elle dissimulait ses impressions en partie. Mais
le soir, cette heure de la marée des larmes,
elle pleurait, la tête à la portière, quand Allan
et madame de Scudemor croyaient qu'elle était
occupée à respirer l'air saturé des parfums de
ces climats. Est-ce la seule fois que, dans la
merveilleuse absurdité d'une touchante reconnaissance, on ait su gré de son bonheur au
pays même où l'on avait été heureux ?...

III

REVENUE aux Saules avec ce sentiment de regret, mademoiselle de Scudemor revoyait le pays qu'elle n'aimait pas et auquel l'hiver enlevait ce qui aurait pu lui rappeler faiblement l'Italie. Si Allan n'avait pas été si affectueux pour elle, elle aurait été bien malheureuse. Jamais elle n'avait fait la moindre allusion au bonheur qu'elle avait éprouvé quand il s'était rapproché d'elle et qu'il l'avait traitée comme autrefois, mais ce bonheur inespéré la soutenait contre les ennuis du présent

et les pressentiments de l'avenir. En effet, sa
position était assez triste. Elle allait passer
l'hiver dans la plus complète solitude. Ce
qu'elle avait vu du monde, où sa mère l'avait
conduite en Italie, avait éveillé ces instincts
qui sont dans toute femme et qui leur font
aimer les fêtes, les parures, toute cette vie des
yeux qui précède toujours celle du cœur. Il
semblait qu'elle, surtout, dût préférer l'éclat, le
mouvement, la rapidité de ces ivresses qui se
croisent dans la tête d'une jeune fille qui va
dans le monde, à la vie paresseuse, au retirement de la vie domestique. Ce n'était pas
une contemplative, une Minna aux cils longs,
tristes et noirs comme une aile de corbeau;
un de ces êtres pâles qui passent leur vie
appuyés sur leur coude, et qui nous font comprendre l'Éternité, à nous qui nous agitons sté-
rilement auprès. Ce n'était point un Ange,
comme disaient les poètes de ce temps-là, une
séraphique nature qui ne touchait la terre que
de ses orteils d'ivoire et qui regrettait ses
belles ailes, mais bien une femme, une femme
faite, comme l'entendaient les Anciens, de
l'écume des mers, et digne de son orageuse
origine, — calme ou impétueuse, avec un

gouffre aussi au-dessous. Si on l'a vue, au sortir de l'enfance, en proie à ces tristesses que les plus ardentes ont comme les plus ten- dres, ces tristesses avaient une cause dans les façons blessantes d'Allan. Elle était contenue, mais non vague. Elle avait du chagrin et pas de mélancolie, — et, à travers les teintes molles de l'âge et du sexe, on sentait néan- moins en cette petite un indomptable élément de réalité. Sous le rapport de la sensibilité, on voyait bien en Camille la fille d'Yseult ; mais ce n'était pas le grand fragment de l'esprit de sa mère, — la femme la plus haut placée sur l'échelle de l'intelligence n'ayant jamais qu'un fragment d'esprit, une espèce de torse incom- plet, inachevé, brisé (à qui la faute?), et Yseult elle-même n'ayant pu échapper à cette loi for- midable, faite de main d'homme au nom de Dieu.

Si Camille avait beaucoup aimé sa mère, ou si sa mère l'avait beaucoup aimée, elle eût trouvé une douceur de dévouement qui lui aurait fait tout oublier, en s'enfermant avec elle, pour la soigner, au château des Saules. Mais l'affection n'étant pas assez grande en Camille pour se dévouer avec bonheur,

qu'avait-elle à opposer à des tendances d'imagination qui l'emportaient loin de la vie qu'elle
était obligée de subir? Ce cœur passionné se
froissait aux sécheresses du devoir. Et encore,
ce devoir, elle n'avait pas la joie austère de le
remplir. Madame de Scudemor n'acceptait pas
les soins de sa fille. Elle les repoussait doucement, gracieusement, moins comme inutiles
pour soi que fatigants pour elle, mais si absolument pourtant, que Camille, qui avait toujours craint sa mère, n'osait plus jamais
insister.

Allan lui restait donc, et lui restait seul.
Tout le temps qu'il serait là, elle aurait la
force de supporter l'existence dénuée et monotone dont elle souffrait davantage depuis
qu'elle n'était plus une petite fille. Quand
madame de Scudemor avait prié Allan d'aller
passer l'hiver à Paris, elle avait eu une peur
affreuse qu'il n'acceptât. Habile à tout cacher
de ce qu'elle éprouvait, — éducation effroyable
faite par la douleur, dont elle avait si bien pro-
fité, — elle ne laissa rien échapper de son
épouvante d'abord, ni de sa joie plus tard,
quand Allan eut refusé de partir. Elle en eut
quelques jours une telle ivresse intérieure,

qu'un soir, elle quitta la fenêtre où elle travaillait et se mit à chercher Allan pour le remer-
cier d'être resté aux Saules. Elle n'en pouvait
plus de reconnaissance. Elle, déjà forte, qui
avait tant pleuré en dedans quand Allan l'avait
repoussée, elle sentait le trop-plein de son
cœur déborder.

Elle le trouva dans la bibliothèque du château, où il travaillait depuis qu'il n'aimait plus
Yseult. A cette heure, la nuit déjà tombée ne
laissait pas passer assez de clarté à travers les
fenêtres pour qu'on pût distinguer les objets
d'une manière bien nette. Il était assis devant
un livre ouvert, mais il ne lisait pas, une main
plongée dans ses cheveux, et de l'autre pliant,
à l'angle de la table, le couteau d'ivoire qui
sert à couper les feuilles du papier. Il n'avait
pas l'air de trop songer à ce qu'il faisait. Il
pensait à ce que lui avait dit madame de Scudemor, le jour qu'elle avait voulu le décider à
retourner à Paris.

— « C'est moi, Allan, — dit-elle en entrant.

— Vous ne travaillez plus maintenant, il fait
nuit; ainsi, je ne vous trouble pas?

— Est-ce votre mère qui vous envoie me
chercher? — demanda précipitamment Allan.

— Non ! ce n'est pas ma mère, Allan, c'est
moi, qui suis venue... » — Elle avait un immense
désir de se jeter à son cou et de lui tout avouer,
mais un sentiment vrai rend timide, ne fût-il que
de la reconnaissance. Elle ne put finir sa phrase
et fondit en pleurs. Il se leva et courut à elle.

— « Qu'avez-vous donc, ma chère Camille ?
Vous m'effrayez ! — fit-il, avec la peur de l'intérêt. — Vous est-il arrivé quelque malheur?

— Oh ! non, — dit-elle, avec une voix entre-
coupée, — c'est du bonheur plutôt ! — Et
l'innocente serra sa tête contre la poitrine du
jeune homme. — Voyez-vous, Allan ! Je n'ai
pas osé... je n'ai pas osé vous montrer combien vous m'avez rendue heureuse, il y a trois
jours, quand vous avez répondu à ma mère...
que, non, vous ne partiriez pas... Oh ! j'ai été
folle de joie, et ce soir, il m'a pris un tel
besoin de vous le dire, que je serais morte si
je ne vous l'avais pas dit. — Et, avec le tutoiement retrouvé de leur enfance, elle ajouta : —
Merci donc, Allan ! merci, mon frère, pour
tout le bonheur que tu m'as donné ! »

Allan était extrêmement ému. Ce tutoiement,
qui revenait aux lèvres de Camille, lui révéla
tout ce qu'elle lui cachait de tendresse.

— « Oui ! vous êtes ma sœur, chère Camille, — lui dit-il, en la pressant de la plus chaste des étreintes.

— Ah ! ta sœur pour jamais, — continua-t-elle, comme enivrée. — Tu ne sais pas comme elle t'aime, ta sœur ! Si tu le savais, tu ne pourrais jamais la quitter !

— Mais aussi, — reprenait le jeune homme attendri, — je ne vous quitterai pas, ma Camille !

— Dis-moi *tu*, si je suis ta sœur ! — interrompit l'impétueuse créature, en l'étreignant à son tour, et à l'étouffer, de ses bras fragiles, comme s'ils eussent été faits de fer.

— Eh bien, non ! ma sœur, je ne te quitterai pas, je te le jure !

— Jamais ? — dit-elle impétueusement, et avec une force qui semblait maîtriser l'avenir.

— Jamais ! » — répéta-t-il, entraîné par elle.

Et elle se jeta à son cou, avec une ardeur encore plus grande que la première fois.

Ils étaient attendris et ils pleurèrent, mais les plus douces larmes qui puissent couler. Hélas ! c'était la première joie pure et profonde de l'un et de l'autre. Tous les deux venaient d'engager l'avenir. Moment superbe

dans la vie, où l'homme dit *jamais !* comme s'il
était Dieu. Sous l'empire du sentiment le plus
beau de tous, — celui de la sœur pour le frère
et du frère pour la sœur, — ils avaient échangé
leurs âmes. Bonheur inouï, dont Allan jouissait moins que Camille, parce qu'il avait déjà
usé son âme dans la passion, tandis que l'âme
de la jeune fille était pleine de ces ignorances
qui rendent apte à tous les bonheurs de la vie,
mais surtout aux plus célestes, à ceux-là qui
n'habitent que les hauteurs de nos poitrines.
Bonheurs candides comme la neige, mais non
froids comme elle, qui restent, dans un sein
virginal, inaccessibles à tout ce qui pourrait les
ternir... Seulement, si l'imperceptible tache n'y
paraissait pas encore, Camille les en préser-
verait-elle toujours?...

A dater de cette journée, elle ne ressentit
plus l'ennui que lui inspirait le château des
Saules. Elle était sûre de son frère, sûre que
jamais il ne lui manquerait. Tous les pays lui
étaient égaux, puisqu'il y vivrait auprès d'elle!
Comme il arrive toujours, dans l'inaccoutu-
mance de sa joie elle avait fait grâce au passé
et ne se rendait pas compte du présent.

Allan y songeait plus qu'elle. Il avait aimé,

lui. Il avait acquis la triste virilité des passions.
Il se demandait s'il n'y avait pas autre chose
qu'une amitié de frère à sœur entre lui et Camille, mais comme ses sens étaient restés calmes
sous l'impression de ses caresses, il se répondait négativement avec la plus grande sécurité.
Touché du sentiment que Camille lui avait tout
à coup dévoilé, il s'occupa d'elle plus que jamais. Il oubliait les heures à ses côtés, et ils
vécurent de la même vie. Il lui lisait les livres
qui venaient de paraître, buvant les idées et
les sentiments aux mêmes sources, s'entendant
le mieux l'un et l'autre quand ils se parlaient
le moins, entremêlant les *tu* et les *vous* : les *vous*
tout haut, les *tu* à voix basse, et faisant ainsi
non par l'instinct d'un sentiment coupable,
mais parce que les plus angéliques affections
ont besoin de mystère où se recueillir; parce
que dans une expression dite trop haut il y a
une fêlure secrète d'où s'échappe le divin éther!
Il comprenait la position de mademoiselle de
Scudemor vis-à-vis de sa mère. Il voyait la barrière de glace qui séparait ces deux femmes.
A l'heure où l'on en a le plus besoin, par cette
isolation de tout être à aimer excepté lui, il
s'expliquait la vivacité de l'affection de Camille,

et ne supposait pas que cette amitié cachât un sentiment moins pur. Ainsi, les dangers de l'intimité étaient voilés par les motifs les plus rassurants et les habitudes de toute une vie, et ils glissaient mollement sur ce plancher de naphte, dont plus tard leur pied, en appuyant, devait faire jaillir l'incendie.

Cette vie fut d'autant plus douce à Allan qu'il l'ignorait entièrement. Était-ce de l'intimité qu'il avait eue avec madame de Scudemor, au temps qu'il l'aimait? On a vu avec quel désespoir il en avait regretté l'absence. D'un autre côté, Yseult l'eût-elle aimé de l'amour qu'il avait pour elle, l'intimité est toujours troublée par les spontanéités contradictoires de la passion. L'intimité suppose une placidité d'affection, un dépouillement mutuel de personnalité, une profondeur d'harmonie que les passions excluent toujours, plus ou moins. L'intimité, c'est l'hermaphrodisme, par la fusion des deux sexes en une seule âme. Or, dans l'amour, on est toujours deux.

Il y a dans cette intimité délicieuse une vertu reposante dont les cœurs froissés s'arrangent bien. Il s'en exhale une paix qui les calme et qui les fortifie. Le lieu de lumière et de rafraî-.

chissement que les chrétiens promettent aux
âmes souffrantes, se trouve quelquefois sur la
terre dans l'âme d'un autre qui nous aime,
mais d'un sentiment plus spirituel encore que
celui de la sainte amitié. Allan l'apprenait.
Imagination difficile, mais à qui l'expérience
de deux jours avait rabattu de ses exigences
emportées, il se contentait de tout ce dont il
avait fait fi plus tôt. Pour peu qu'on ait vécu,
ne faut-il pas mettre moins de souffle dans ses
soupirs, moins de fougue dans ses ambitions,
et s'abriter et s'enclore à quelque endroit de
l'espace que l'on voulait tout entier, et qui, si
petit qu'il puisse être, semblable à la maison de
Socrate, restera vide comme s'il était grand?...
Allan acceptait ces jours qui se ressemblaient
tous, apportant les mêmes choses, les mêmes
événements, les mêmes impressions; jours un
peu pâles et sans parfums, — à cela près,
peut-être, de quelque vague odeur de violette
qui y est restée d'un certain soir où l'on s'atten-
drit davantage en se parlant, où le baiser s'oublia au front sur lequel il se posa et ne s'attacha pas. — Certes! s'il eût été touchant de
voir Newton, le vieillard sublime, en redescen-
dant du ciel, son habitacle, ramasser — comme

il eût fait un monde perdu — une pauvre rose
trempée d'un matin trop humide, et oublier ses
hautes pensées à la respirer tout un jour, il ne
l'était pas moins de voir Allan s'enchanter des
suavités et des modesties cachées au fond de
cette vie retirée et simple. Car, entre cette vie,
d'un cours si lent et si uniforme, et ce jeune
homme à qui une passion avait donné le besoin
des émotions variées et fortes, cet homme si
poétiquement organisé pour l'extase ou pour
le martyre, qui avait tout imaginé et presque,
hélas! tout senti, il y avait presque autant de
différence qu'entre la rose et la pensée de
Newton.

Cependant, n'y avait-il que le charme de
l'intimité qui entraînât et fixât Allan auprès de
Camille?... Était-ce seulement pour jouir de la
douceur de ce bain d'eau douce, après les
rudes jours des passions, qu'il s'y plongeait
avec ce bien-être? N'y avait-il pas en ces effu-
sions muettes ou à moitié parlées qui s'épan-
chent dans un regard ou s'écoulent dans un
sourire, n'y avait-il pour lui qu'une volonté
ignorée du cœur? Oh! les misères de l'égoïsme
n'étaient pas mortes, la trace des passions effa-
cée, ornière profonde laissée à nos cœurs

amollis et qui montre bien de quelle boue ils
ont été faits! Quelque attachement qu'Allan
eût pour Camille, quelque bonheur qu'il éprou-
vât dans l'intimité de l'aimable enfant, un
motif qui n'était ni cet attachement, ni ce bonheur, lui rendait, à l'insu de Camille, cette
intimité plus précieuse encore.

Ce motif, c'était sa situation vis-à-vis de madame de Scudemor. Elle l'avait tellement em-
barrassé le jour où elle l'avait prié de quitter
Les Saules pour Paris, qu'il ne douta pas une
minute qu'elle eût pénétré ce qu'il lui avait
caché jusque-là. N'y avait-il pas du bonheur
— du bonheur un peu railleur, il est vrai, —
dans les allusions qu'elle avait faites à cet
amour du monde qu'il avait montré en Italie?
Ces allusions, il les craignait plus positives encore. Il craignait de lui avouer qu'elle ne s'était
pas trompée, et il répugnait à cet aveu.
Comme il n'avait pas osé en prendre l'initiative,
il ne voulait pas davantage la subir dans la
bouche d'Yseult. Vue étroite, mesquine, vani-
teuse, mais qui le dominait irrésistiblement;
car on ne se juge pas séparément de la passion
que l'on porte en soi.

C'est quand les passions finissent, que

l'homme s'aperçoit des germes mauvais dont
il a recueilli les fruits. C'est alors qu'il peut
inventorier les tristes éléments dont elles sont
faites, amer examen de conscience qu'Allan ne
s'était pas épargné. Mais ce n'est là que la
moitié du mal encore. De toute passion, il
reste à l'âme une habitude de mollir dont souvent elle ne guérit pas, une énervation qui ne
s'arrête pas aux organes. Traînerie honteuse,
dont on ne voit pas aisément le bout! Terribles
conséquences, irrésistible *fatum* qui n'empoi-
gne pas vigoureusement et qui mène, — la
force ne se sentant jamais que quand on résiste, et on ne résiste pas!

C'était par ce malaise de la faiblesse qu'Allan
tenait à sa vie passée. Tel l'inextricable lien
qui assujétissait le faisceau des événements
écoulés à la vie présente. Situation fausse et
scabreuse, que madame de Scudemor ne cherchait pas à préciser davantage; situation douloureuse, dont l'amitié tendre et dévouée de
Camille n'adoucissait pas entièrement les aspé-
rités. Le silence de madame de Scudemor sur
ce qu'elle avait effleuré assez pour montrer
à Allan que son changement lui était connu,
venait de l'entente profonde qu'elle avait de

la situation du jeune homme. « A quoi bon —
se disait-elle — une explication, pénible pour
lui, inutile pour moi?... Entre nous, tout n'est-
il pas fini? Il ne souffre plus. Cette confusion
d'avoir été deviné par celle qu'il n'avait jamais
abusée, cet embarras qui se teint du regret
donné à l'affection dont on reconnaît le néant,
ne seront pas de longue durée. » Et par ces
raisons, toujours généreuse, elle s'affermissait
dans la résolution de ne pas parler à Allan de
ce qu'il semblait redouter. Enfin, d'un autre
côté, elle remarquait avec joie que l'affection
tranquille, les liens fraternels, la confiance,
s'établissaient entre Allan et Camille, et ce lui
était une preuve éloquente que rien ne subsistait plus de l'amour qui l'avait longtemps
affligée.

IV

CETTE époque fut la plus heureuse pour les personnes de cette histoire. Madame de Scudemor avait recouvré cette tranquillité noble qui se reflétait d'une manière frappante dans toute sa personne. Mais elle languissait toujours de cette souffrance qu'elle avait rapportée d'Italie, et que les médecins ne caractérisaient pas. Elle était douce avec cette souffrance. Les maux de l'âme lui avaient appris à ne pas s'inquiéter de ceux du corps. Elle n'était pas de ces amabilités fragiles qui ne résistent pas à une migraine

ou à une entorse. De peur d'être importune
aux autres, *cette égoïste, qui n'aimait rien,* comme
disait le monde, savait leur sourire par-dessus
sa douleur.

Si Allan n'avait pas aimé autrefois madame de
Scudemor, s'il avait toujours été pour elle ce
qu'il était maintenant, il aurait savouré sans
trouble les exquises douceurs du moment actuel; mais le passé, mais les souvenirs, mais
des craintes, venaient l'agiter au sein de cette
paix infinie qu'il n'avait pas soupçonnée, et
devaient influer, à son insu peut-être, sur le
sentiment qu'il avait pour Camille et qui aurait
été de nature à la rendre heureuse; car les
affections ne sont bonnes que quand elles n'ont
aucun des caractères positifs et dévorants des
passions.

Camille, qui avait aussi du passé, — du
passé qu'elle devait retrouver plus tard, — se
livrait alors sans arrière-pensée au bonheur
d'aimer et d'être aimée. La sensibilité que la
comtesse de Scudemor n'avait pas voulu déve-
lopper en cette enfant, se répandait alors sur
Allan, comme un torrent qui cherche à se
creuser un lit. Dans la pénurie du sentiment
maternel, Camille avait toujours aimé exclusi-

vement Allan, mais son affection ressemblait
peu à ce qu'elle était devenue depuis qu'elle
en avait trahi le secret. Les femmes ont un tel
besoin de bonheur, qu'elles résistent à leurs
plus impétueux sentiments quand elles n'ont pas
la certitude que ces sentiments sont partagés.
Leurs combats cachent une faiblesse encore.
Mais quand le doute n'existe plus, alors elles
s'élancent, âmes rapides, de toute la force des
besoins de leur cœur, à ce sentiment qui les
entraînait déjà, et leur amour augmente de ce
qu'il devient intrépide.

Camille s'était laissé emporter au sien avec
l'entier oubli de tout ce qui n'était pas ce sentiment... Il était si grand et si profond que
pas un désir ne s'y mêlait. Il se suffisait à lui-
même, comme l'Être, comme Dieu, dont cet
amour qu'on n'a qu'une fois, mais que tous n'ont
pas, est la plus fidèle image. Elle était vraiment
heureuse. — Incroyable magie du cœur! elle
était heureuse dans cette solitude des Saules,
pendant un hiver si triste, cette mademoiselle de Scudemor qui avait été mise au monde
pour éclater de beauté et de fascinations de
toute sorte dans ces salons où son imagination
l'appelait, et dont elle eût été la souveraine de

droit divin. Elle qui était née impératrice, elle à qui la chambre d'une malade convenait si peu, elle était heureuse dans cet isolement d'une campagne pluvieuse, loin de tout ce qui eût pu sympathiser le plus avec la tournure de son esprit et la nature de son caractère. Heureuse d'un tel bonheur, que cette ardeur d'être heureuse, ancrée éternellement au cœur des femmes, n'y suffisait plus!

Et ce bonheur d'une âme pleine et ravie, s'épanchant à travers les beautés qui reluisaient en elle, lui donnait un extraordinaire éclat. Elles sont de toutes les façons des créatures étranges, les femmes heureuses. Dès la première fois qu'on les rencontre, on en est saisi comme de l'aspect d'une merveille et on ne devine pas d'abord ce qui frappe et confond en elles; car nous ne reconnaissons que ce que nous avons vu déjà, et où avions-nous vu le bonheur, pour le reconnaître?... Elles semblent faites d'une lueur pénétrante et douce qui n'est pas de la lumière comme il y en a dans le jour et dans les astres du ciel. Elles ont de ces mouvements qui ne sont plus les agitations de nos pensées et les mobilités de nos caprices, mais un rhythme de la céleste poésie qui chante dans

leur âme. On dirait une révélation momen-
tanée de tout ce qu'on ne comprend pas. Êtres
rares et éphémères, habitant dans la vie à des
profondeurs immenses où les extrèmes viennent
confluer dans l'unité de la destinée commune,
et malheureuses de leur bonheur même, parce
qu'elles ne peuvent en mourir!

Voilà pourquoi Yseult de Scudemor, la
grande malheureuse, se disait parfois que sa
fille devenait bien belle, sans savoir ce qui l'em-
bellissait ainsi. Elle croyait peut-être que c'était
l'épanouissement de la jeunesse, et c'étaient
les rayonnements du bonheur! Qui peut pein-
dre ce qui n'a pas de formes, ce qui n'a pas
d'analogue dans le grand symbolisme de la
Nature? Le Génie, l'Amour, l'Enthousiasme,
on en peut montrer les auréoles autour du
front des hommes qui les ont, mais le Bonheur
est plus inexprimable. C'est du divin plus pur
encore que le divin du Génie, de l'Enthousiasme et de l'Amour!

L'opposition entre la vie heureuse de Camille et les facultés dont elle était douée, se
retrouvait entre l'expression de ce bonheur sur
ses traits et le caractère de sa beauté, et on
aurait surpris dans cette opposition le mys-

tère qui échappait à madame de Scudemor.
C'était la première fois que des yeux aussi
noirs eussent la tendresse des yeux bleus les
plus tendres. La puissance de passion qu'ils
attestaient naguères avait fait place à un humide
scintillement de bien-être, timide comme l'é-
toile du berger. Cette bouche, si voluptueuse
dans ses ardents contours qu'un Ange au Ciel,
s'il l'avait eue, aurait fait peut-être partager
aux Vierges d'entre les Élus quelque chose de
l'humanité, cette bouche, maintenant, était
comme revêtue d'une sérénité mélodieuse. Ce
front, bruni par l'Italie, sous la résille de ses
veines foncées irradiait, comme l'opale d'un
ciel matinal, des clartés que le cœur incessamment y versait. On eût dit — mais c'est
contradictoire! — le jour se frayant dans la
nuit, si le jour pouvait apparaître dans la nuit
sans la dissiper.

Cette beauté du bonheur qui frappait madame de Scudemor avait aussi frappé Allan,
mais il ne la comprenait pas mieux. Quoiqu'il
lui fût impossible de se méprendre sur l'é-
nergie de l'amitié de Camille, il ne crut pas,
cependant, être la cause de ces magnifiques
rejaillissements du cœur dans la beauté d'une

femme. Chose étonnante! les hommes perdent
de leur fatuité d'instinct à mesure que les sentiments dont ils sont l'objet acquièrent de véhémence. On se vante d'un caprice. On se tait
d'une passion. Est-ce conscience de soi ou
lâcheté?... Hélas! peut-être l'une et l'autre.
Allan n'eut point la vanité de penser juste sur
le compte de Camille. Il l'admira comme il
l'aimait, mais il ne chercha pas plus le secret
de sa beauté qu'il n'avait cherché à approfondir
son amour.

Dans le tous-les-jours de la vie, Camille était
sérieuse et parlait peu. Autant son enfance avait
été prise de rires fous et de gaietés fougueuses,
autant sa jeunesse était grave. Vous vous le
rappelez, la souffrance lui avait ôté de bien
bonne heure ces élancements de vivre qui ne
sont qu'un mouvement impétueux dans la
nature spontanée des enfants, mais, une fois
partis, ces élancements ne revinrent plus.
Quand la souffrance fut disparue, le bonheur
la concentra en elle-même encore davantage.
Si elle eût eu une mère comme toutes les autres
jeunes filles, si elle fût allée dans le monde,
elle n'eût probablement pas été moins vive
dans ses gaietés que les jeunes personnes de

son âge. Elle eût rappelé les fougues de l'enfant dans les fougues de la femme entraînante,
mobile, passionnée, spirituelle. Elle eût eu de
soudains vouloirs, bien absurdes et bien aimables, de ces éclats d'harmonieux gosier, cou-
ronnés de trente-deux perles fines dans un
rire d'un audacieux abandon, et elle se fût
jetée aux impressions extérieures pour lesquelles surtout elle était faite. Mais, dans la
solitude et près d'une mère qu'elle craignait
malgré la douceur de ses manières, déjà rompue aux mensonges d'un sentiment blessé, elle
avait pris des habitudes de silence et de retenue
et retourné sur elle-même toute l'activité de
son âme. — Et, d'ailleurs, elle était heureuse!
Vaste mot qui répond à tout. Quand on est
heureux, on craint de perdre, aux ondulations
de la gaieté la plus fugitive, quelques gouttes
de ce nectar dans lequel jusqu'aux bords du
cœur sont noyés!

Allan était touché de cette silencieuse manière d'aimer de Camille, qui contrastait si
vivement avec le souvenir qu'il avait d'elle et
de son enfance. Il l'aimait d'autant plus qu'il
avait eu des torts de dureté vis-à-vis de cette
charmante fille, et cette idée l'attendrissait.

D'un autre côté, sa pensée, tenue en servage
par l'ascendant de madame de Scudemor,
reprenait son niveau avec Camille. Il se sentait plus homme, et les rapports entre l'homme
et la femme étaient redevenus ce qu'ils doi-
vent être. Il y a tant de personnalité indestructible au fond de tous nos sentiments !
L'homme se déprend si peu de lui-même.
Dans les affections les plus dévouées, il reparaît entier, violent, *moi* immense ! et ce n'est
pas un motif puissant, une grande cause, quelque solennelle occasion, qui le font éclater tout
à coup. Une fleur longtemps regardée, un
livre qu'on n'a pas assez vite fermé quand on
s'approchait, un piano ou une harpe dont on
s'occupe trop, ces choses rivales des sentiments
dans les âmes musiciennes, c'en est assez pour
qu'on soit victime ou despote en présence
d'une émotion ou d'un intérêt dont on n'est
pas cause; c'en est assez pour que l'effroi
naisse, et les hommes effrayés sont cruels !

L'espèce d'adoration de Camille devait né-
cessairement exalter Allan. Aussi déployait-il
avec elle une variété infinie de pensées. Une
autre femme l'eût trouvé séduisant, éloquent,
irrésistible. Mais elle s'en enchantait et elle ne

se demandait pas si c'était elle qui le créait ou
s'il était réellement ainsi. Elle l'écoutait lui
exprimer ses opinions sur tout ou à propos de
tout, et elle les recueillait comme des oracles.
La vie intellectuelle, comme la vie sensible, ne
lui arrivait que par lui. Soit qu'il lui parlât,
soit qu'il lui lût quelque poète, — un de ces
hommes à la flûte de cristal qui endorment les
mauvaises passions dans le cœur, comme le
musicien antique, — elle s'ébattait et palpitait
sous sa parole, l'œil baissé, avec un flocon
incarnat ou une pâleur à la joue, et elle sentait parfois que, pour se remettre, elle n'avait
qu'à le regarder; cette vue l'empêchait de
s'évanouir. La vie, près de couler à fond, se
reprenait à l'homme aimé et ne sombrait pas,
et toutes ces délicieuses et poignantes sensations étaient si profondes, que pour madame
de Scudemor, ni même pour Allan, rien n'en
transpirait.

Madame de Scudemor voyait avec soulagement que les belles facultés d'Allan avaient
échappé à sa passion et qu'elles lui survi-
vaient. Elle avait aussi son bonheur à l'écouter. Triste bonheur, sans émotion et sans joie,
bonheur fait tout exprès pour elle, dont l'âme

n'avait plus le pouvoir de goûter le moindre plaisir avec énergie. Quelquefois, entraînée par le torrent d'idées du jeune de Cynthry, elle retrouvait le langage animé, et comme détrempé dans les couleurs de sa vie à présent déteinte, qu'elle avait eu à certains jours avec lui et qu'on ne lui connaissait pas dans le monde, où sa pensée flottait, comme un liège au-dessus d'une eau flasque, sur la torpeur des conversations. Mais ces instants étaient de courte durée. L'enthousiasme des idées ne remuait pas plus cette femme que l'enthousiasme des sentiments. Elle souriait, non pour les autres, mais en elle-même, quand son langage s'embràsait des reflets du langage d'Allan alors que ses impressions n'étaient pas même tièdes, quand son dernier intérêt venait d'expirer avec l'amour de cet enfant; — habitudes d'esprit qui attestaient ce qu'il y avait eu dans cette femme et ce que le malheur et les passions avaient détruit!

Une autre femme que la comtesse de Scudemor aurait peut-être été curieuse de connaître ce qu'Allan, maintenant de sang-froid, pensait d'elle et de sa conduite. Mais, à elle, cette idée ne pouvait venir. La vanité ne pouvait faire entendre dans son cœur cette dernière et subtile réclamation. Quoique Allan lui parût mieux valoir que les autres hommes, n'eût-ce été que de la supériorité de la jeunesse, il était un homme aussi, et elle était insoucieuse de ses jugements et de ses mépris. Quand elle le vit souffrir à cause d'elle, elle avait obéi à son instinct de femme. Cet instinct l'eût-il égarée dans l'opinion de qui que ce fût, même d'Allan, elle s'en inquiétait peu ou pas. Qu'Allan, ingrat, tournât contre elle les idées d'une morale vulgaire, ou, plus élevé que la tourbe hypocrite et grossière, lui conservât un respect qu'elle semblait peut-être mériter, ce n'était pour elle ni une peine, ni une récompense. L'indifférence, et non l'orgueil, empêcha même cette idée de naître et de traverser le sommeil d'une indolence dans laquelle elle était retombée, depuis qu'il ne s'agissait plus que d'elle seule.

A voir la comtesse de Scudemor ne pas revenir sur les allusions qu'elle avait risquées un jour, ce qui restait d'inquiétude et de crainte à Allan finit par se dissiper. Rêveur et faible comme à une autre époque, parce que la passion ne l'avait pas brisé au point d'en

faire un homme, ou moins qu'un homme, il
ne regardait pas l'avenir d'un œil ferme. Il ne
se demandait pas à quoi les jours actuels devaient aboutir... Il avait souffert de grandes
douleurs, et il en était guéri comme d'une
maladie qui rend plus apte à l'existence. Il
s'était trouvé petit, souillé, lâche longtemps,
et voici qu'il pouvait l'oublier; trêve honteuse,
engloutissement de la conscience dans l'imagination et dans les nerfs! Il avait étouffé la
sienne, témoin importun de toutes ses débi-
lités nouvelles, dans la ouate et la soie de sa
vie sans issue. Il l'avait étouffée comme Des-
démone, mais sans fureur, sous quelque coussin de ces divans où chaque jour, entre ces
deux femmes, il s'efféminait davantage. Il
n'était pas heureux du bonheur poignant et
absolu de Camille; il n'avait plus ni la fraîcheur de l'âme, ni cette énergie primitive qui
n'a pas été lassée encore. Mais il l'était de je
ne sais quelle vague béatitude. Ses anciennes
souffrances n'étaient plus que le songe de sa
pensée. N'y a-t-il pas des jours dont les flots
bleus s'étendent dans l'âme rassérénée et en
couvrent tous les souvenirs? Mais, comme ce
Léthé tarit vite et n'apporte qu'à de longs

intervalles ses illusions consolantes, Allan pouvait rendre grâce au présent de se poser entre
lui et le passé. L'un lui cachait l'autre. Tout
ce qui aurait pu le lui rappeler s'effaçait,
même en madame de Scudemor. Elle ressentait davantage les approches de l'âge. Les
signes d'une vieillesse prochaine ressortaient
au dissolvant contraste de la jeune beauté de
Camille. Allan ne reconnaissait pas son idole.
Il n'avait plus devant les yeux la beauté longtemps adorée, comme un muet et éclatant
reproche de la fragilité de son amour. Heureux en cela, du moins, — si c'est un bonheur,
hélas! si plutôt, hommes pétris de poussière,
nous ne restons pas stupides devant le reproche sans en comprendre l'éloquence, et
si, dégagés du respect d'un sentiment qui fut
nous-mêmes, nous ne voyons pas sans courroux les traits que nos baisers couvrirent n'être
plus qu'un plâtre inanimé et enlaidi, quand
même ils n'expriment pas à d'autres l'amour
qu'ils nous exprimèrent, et leur promettre un
bonheur plus grand encore que celui qu'ils
nous ont donné!

V

N était en plein hiver. La santé de madame de Scudemor ne s'améliorait pas, mais n'empirait pas non plus. Camille et Allan vivaient toujours dans la même intimité, moitié cachée, moitié montrée, sous ses yeux. Ils ne se quittaient pas. Leur conversation roulait le plus souvent sur leurs souvenirs d'Italie. Causeries à ce qu'il semblait innocentes, confiance parfaite, — quoiqu'ils ne se dissent pas, alors, ce qu'en cherchant bien dans leur vie de l'époque qu'ils se rappelaient ils auraient

trouvé, à coup sûr, — mais confiance parfaite,
néanmoins, puisqu'ils l'avaient tous les deux
oublié.

Un jour que ces causeries avaient eu un
caractère plus tendre que jamais, un de ces
jours où les âmes se serrent les unes contre
les autres avec un embrassement plus réchauf-
fant, jour de ciel chargé, de vent qui sonne
la pluie, de moineaux mourant de faim sous
la bise cruelle et qui s'en viennent plaindre
inutilement au bord des fenêtres à travers
lesquelles nous les regardons s'envoler, —
madame de Scudemor était occupée, sur sa causeuse, à feuilleter des livres nouveaux qu'on
lui avait envoyés de Paris et ne se mêlait nulle-
ment à ce qu'Allan et Camille pouvaient se dire
l'un à l'autre, — il leur prit, à ces heureux
enfants, un accès de tristesse étrange. Ce fut,
dans la même seconde d'une simultanéité
rapide, une sensation indivisible dont on ne
sait pas le pourquoi. Leur conversation n'avait
pas même été, ce jour-là, de celles qui nous
poussent, comme des souffles auxquels on
s'abandonne, au vague infini des secrètes
mélancolies. Effilure de quelque nuage déchiré
et évanoui dans leur grand ciel si profond, si

pur et si vaste, goutte de pluie dans leur
Océan, soupir étouffé dans leur bonheur immense, ce n'était rien... Ah! c'était tout,
plutôt. Là où se font les destinées, la leur
venait de se briser, et c'en était le contre-
coup.

Vous avez raison d'être superstitieuses,
pauvres femmes! La superstition est la compréhension plus vive des mystères de la vie
humaine. Bien avant que le bonheur soit
détruit, on sent qu'il vient d'éclater tout à coup
dans le fond du cœur, et c'est avec cette
idée terrible qu'on se remet à en jouir encore.
Ainsi, dans la plénitude de la vie, il passe une
palpitation — une seule! — qui ne ressemble
pas aux autres au milieu des joies positives et
des gonflements de la jeunesse, et on a beau
vivre des années fortes et écumantes, on a
senti le doigt fatal, et c'est comme si la Mort
était venue!

Camille regardait Allan, qui la regardait
aussi; il semblait que l'un et l'autre ne se
reconnussent plus. Ils ne se dirent pas une
parole... Une larme, qui sécha le long des
paupières qui la burent, fut tout ce qui trahit
la femme, l'être inéprouvé encore, — le plus

grand bonheur et la plus grande faiblesse. Ce
fut toute la différence qu'il y eut entre elle et
Allan. Cette larme n'était pas un de ces pleurs
frais et chauds comme on en a dans la jeunesse, un de ces larges pleurs qui coulent et
lavent le cœur et le visage comme un flot de
délices divines, mais un de ceux qui viennent
seuls, rares et brûlants. Allan ne demanda
pas pourquoi cette larme. Il le savait...

C'était fini, déjà fini! Cette tristesse ne
dura que le temps que met une larme à sécher.
Camille reprit son travail suspendu, Allan la
conversation interrompue, sans un mot qui
eût trait à cette sensation inconnue qui les
avait saisis en même temps, et ils atteignirent,
front contre front et dans les épanchements de
la causerie, la fin du jour, à cette embrasure,
comme si rien de solennel ne se fût passé tout
à l'heure entre eux.

Lorsque la nuit fut tout à fait venue, Allan
sortit de l'appartement. D'ordinaire, il se pla-
çait autour de la table à ouvrage, qu'on
approchait de madame de Scudemor, et, à la
clarté de la lampe, il dessinait quelque feston
pour Camille. La veillée se prolongeait ainsi
jusqu'au moment où la fatigue contraignait

la comtesse à se retirer. Alors, on closait la
journée par un bonsoir, muet résumé de
toutes les tendresses de la journée, et on se
couchait avec la perspective de recommencer
le jour du lendemain à peu près dans les
mêmes termes que celui de la veille, — rou-
tine qui n'ennuyait pas, parce qu'elle était
l'unité d'un sentiment adorable; parce que le
bonheur, quand il est profond, est monocorde,
comme le cœur et comme la pensée.

En vain Camille regarda-t-elle plusieurs fois
vers la porte avec impatience. Allan ne revenait pas. Où était-il?... Il n'avait pas l'habitude
de se retirer à cette heure. Une inquiétude vague la prit. Elle n'en pencha que plus
obstinément le front sur son ouvrage. Inquiétude insensée, car pourquoi était-elle inquiète?... Ne pouvait-il être à la bibliothèque,
ou même au jardin, à respirer l'air du dehors
après une journée écoulée dans un appartement fermé? D'ailleurs, ne la quittait-il pas
souvent ainsi?... N'était-ce pas un enfantillage
que de vouloir l'attacher éternellement à sa
ceinture? Mais ces raisons qu'elle se donnait
à elle-même n'empêchaient pas son front de
se pencher toujours sur ses mains plus lentes.

L'impatience en gonflait les veines, et plus
encore les efforts qu'elle faisait, en retenant sa
respiration, pour mieux surprendre le bruit
des pas dans le corridor. De vague, l'inquiétude devenait oppressante. Elle la sentait croî-
tre dans le silence. Elle était courbée, tout
écrasée sur elle-même... Elle ne disait pas un
mot à sa mère, qui lisait de l'autre côté de la
table, mais sa pensée délirait. Ah! ces douleurs que je raconte, quelle femme ne les con-
naît pas?...

Allan, qui ne se doutait pas de l'inquiétude
dont il était la cause, avait pris un fusil et un
chien et s'était dirigé vers le marais. Il ne chassait jamais, mais abattait parfois quelques canards sauvages tout en rôdant dans ces parages,
abondants en toute espèce de gibier. Ce soir-
là, il avait un besoin machinal de mouvement,
de grand air, de pensée libre et à soi seul, et,
pour donner un prétexte à une absence et à une
promenade par le temps rude qu'il faisait, il
avait résolu d'ajuster, à tout hasard, les blanches
et noires volées de sarcelles dont le marais était
couvert. Submergé de partout, le marais n'était
plus qu'un seul lac immense, sur lequel on
aurait pu naviguer. Allan sauta dans une bar-

quette appartenant aux gens du château, et que,
l'hiver, ils amarraient au pied d'un saule. Une
clarté blafarde flottant sous le ciel chargé de
gros nuages, noyait tous les objets dans une
couleur blanchâtre. L'œil se perdait, découragé, sur les longs plis de ces steppes humides
et dont l'eau luisait comme une glace, rayée,
de temps en temps, par le raz du vol des sarcelles. Mais Allan semblait avoir oublié son pro-
jet de chasse. Il s'était assis dans la barquette,
absorbé dans ses pensées, son fusil à côté de
lui. Un vent du Nord lui flagellait la figure, et
il caressait d'une main distraite la tête de son
chien, aux longues soies noires, posée familiè-
rement sur ses genoux. Du côté de la Douve,
perdu dans le lointain, le butor, cet énorme
faucon des marais, déchirait par interruptions
le pesant silence de son cri rauque. Cette cor-
beille blanche et bleue que formait le château
des Saules, avec son toit d'ardoises et ses guir-
landes de roses mignardes sculptées dans ses
murs, ternis par les pluies, grelottait dans son
bouquet d'arbres verts, plus sombres encore
qu'à l'ordinaire, à travers le taillis dépouillé.

   — « Elle m'aime, et moi je l'aime aussi ! — se
disait-il. — Qu'allons-nous devenir?... Je ne le

sais que de tout à l'heure, sans cela j'aurais
fui. Et il n'est plus temps ! Elle m'aime. Oh !
pourquoi, moi qui ai voulu de l'amour dès mes
plus jeunes années, moi qui en ai tant donné
en pure perte, pourquoi cette idée d'être aimé
ne me comble-t-elle pas de joie et ne me ferme-
t-elle pas les yeux sur l'avenir ? Pourquoi ne
pas me venger de ce passé qui m'a torturé, en
me lançant bravement à cet amour que j'ai
rêvé comme la plus belle chose de la vie ? Ah !
voilà le moment, voilà enfin le moment d'être
heureux, Allan ! Voilà l'instant venu de réaliser
tous tes rêves. Mes rêves ? Est-ce que mon
amour pour Yseult en a laissé un seul debout !...
Est-ce que je puis être heureux, maintenant ?
Est-ce qu'au sein de l'amour partagé je pourrais oublier cet amour qui m'a vieilli avant
l'heure ? Est-ce qu'il ne m'apparaîtrait pas
comme un spectre ricaneur jusque dans les
bras de Camille ?... Est-ce que je suis digne de
cette enfant pure, virginale, passionnée et à
son premier amour, moi qui ai usé mon cœur
dans une passion inutile — et pour sa mère ! —
et à laquelle je ne pense plus qu'en rougissant
depuis que la raison m'est revenue?... Pourquoi cette passion n'a-t-elle pas tari les sources

d'amour qui sont en moi? Je ne suis pas encore
comme cette funeste Yseult! Je le sens, puisque j'aime sa fille. Sa fille ! Ah ! cette idée est
désolante. Pourquoi Yseult est-elle sa mère ?
Ou pourquoi ai-je aimé Yseult ?... » Et il allait,
se heurtant à ces deux questions redoutables,
qui se le renvoyaient tout rebondissant contre
elles deux !

C'était, en effet, une situation effrayante que
celle d'Allan de Cynthry. Aujourd'hui seulement il l'entrévoyait, et il ne pouvait se défendre
d'une terreur secrète. Le voile de l'avenir se
déchirait dans l'esprit de ce jeune homme, et
quoiqu'il fît obscur derrière, il distinguait, à
travers les ténèbres des pressentiments, quelque
grand malheur inévitable. La vie douce et reposante dont il jouissait depuis deux mois était
finie, et il recommençait de descendre dans un
cercle nouveau de l'Enfer des passions et des
larmes. Dominé par les plus noires pensées, il
déchirait, sans avoir conscience de ce qu'il faisait, les longues soies du cou de son chien,
qui ne bougeait pas, mais livrait tendrement
sa tête aux caprices brutaux de son maître,
en exhalant seulement un petit gémissement
plaintif.

Infortunée Camille ! Et il se prenait aussi de
pitié pour la jeune fille ignorante. Mais sa pitié avait un autre caractère que celle de madame de Scudemor. Chez lui, c'était une face
de l'amour... Cependant, les clartés pâles du
soir s'effaçaient et l'eau devenait à chaque instant plus noire. La lumière des fenêtres du
château, que l'on voyait de loin, lui rappela
que ces dames pourraient être inquiètes s'il
tardait à rentrer. L'air âpre et les aspects désolés de cette nature d'hiver ne l'avaient pas beaucoup soulagé. Comme il venait de rattacher la
barque au saule, un vol pesant l'avertit de la
présence d'un oiseau au-dessus de sa tête. Il
crut que c'était quelque cigogne qui s'en retournait à son gîte de roseaux. Moitié pour jus-
tifier son éloignement du château, moitié pour
sortir par un acte, un mouvement quelconque,
des pensées pénibles dont il était obsédé, il
déchargea, sans trop viser, son fusil sur l'oiseau,
qui tomba et que le chien alla chercher. Mais
quand le chien revint, il s'aperçut que ce n'é-
tait pas une cigogne, mais Acis, le cygne favori
de Camille, qu'il venait de tuer. Cela lui parut d'une signification terrible, et il en frissonna
comme un faible enfant. Il y a des jours où

nous avons, plus ou moins, l'âme ouverte à tous les présages, et c'était un de ces jours néfastes pour Allan. Aussi regagna-t-il le château l'âme abîmée, plus que jamais, par des pressentiments sinistres...

Lorsqu'il rentra dans le salon, éclairé seulement du demi-jour de la lampe et du reflet rougeâtre du brasier dans le foyer, il n'y trouva personne. Madame de Scudemor sortait quelquefois du salon pendant la soirée. Elle pouvait être souffrante et avoir eu besoin de sa fille. Cette circonstance l'inquiéta peu. — Il approcha un siège de la chaise vide de Camille, mais son pied heurta quelque chose sur le tapis.

Il regarda, et reconnut Camille entièrement évanouie. La prendre, la soulever et la poser sur le canapé, fut pour lui l'affaire d'un instant. Il la réchauffait de son souffle et contre sa poitrine, ne songeant pas à la laisser dans cet état pour appeler du secours. Au bout de quelques minutes d'efforts désespérés et de transes pour la faire revivre, elle rouvrit les yeux et le reconnut.

— « Ah! c'est toi! c'est donc toi! — s'écria-t-elle, en voulant s'élancer à lui, mais en retombant de faiblesse.

— Oui! c'est moi, Camille, » — répondit-il.
Et il l'interrogea sur son évanouissement
subit.

— « Tu étais sorti, — dit-elle, tout en trem-
blant encore. — Je ne sais pas ce que j'avais,
mais je souffrais. Ma mère m'a quittée un instant. J'ai entendu un coup de feu, et l'effroi
m'a fait évanouir.

— Folle! — lui disait à genoux Allan, devant
elle, en embrassant ses mains, qui, de glacées,
devenaient moites, comme quand on s'est
trouvé mal.

— Oh! oui, bien folle — reprenait-elle —
d'avoir eu tant de peur pour rien, n'est-ce pas,
mon frère?... Gronde-moi donc de ma poltron-
nerie! N'est-ce pas, que je suis bien enfant?
Mais, vois-tu, — ajoutait-elle, en se penchant
vers lui et en le parcourant tout entier d'un
regard altéré, — ne me quitte jamais le soir!
Je ne le veux pas! Aie pitié, — et déjà sa
bouche revenait au sourire, — aie pitié des
sottes craintes de ta pauvre sœur! »

Et, comme elle faisait souvent, dans l'admirable innocence de son âme, elle voulut l'embrasser sur les yeux. — Mais lui, qui venait de
se rendre compte dans la solitude du senti-

ment dont elle ne discernait pas la nature, la
repoussa, par un généreux instinct d'honnête
homme. Noble mouvement que Dieu seul jugea,
car elle s'y méprit, et, avec une voix des entrailles, quand les entrailles saignent :

— « Pourquoi me repousses-tu, Allan ? —
s'écria-t-elle. — O Allan ! pourquoi me repousses-tu ?... Qu'est-ce que je t'ai fait ?... »

En la voyant retomber dans l'état où elle
était tout à l'heure, ne réfléchissant plus, sous
l'effroi qui le dominait :

— « Mais je ne te repousse pas, ma Camille !
— dit-il, et il l'embrassa précipitamment sur
le front. — C'est encore un reste de peur, —
ajouta-t-il, en essayant de sourire. — Te repous-
ser, ma sœur chérie ! — Et il s'assit près d'elle
sur le canapé.

— Oui ! tu m'as repoussée, mon frère, —
répondit-elle, d'un ton bas et grave. — Dis que
c'était involontaire ! Dis que tu ne pensais pas
à ce que tu faisais ! Mais tu m'as repoussée...
Écoute ! tu as peut-être dans l'âme, comme
moi, des choses que tu ne sais pas. Pour la première fois depuis que tu m'as juré que j'étais
bien ta sœur, pour la première fois, aujour-
d'hui, je me suis sentie presque changée. Au

fond de moi, il s'est passé... Je ne sais quoi te
dire, mais ce n'était plus comme tous les jours...
Oh! je vais te paraître bien folle encore, — et
sa voix n'était plus grave, mais accentuée d'une
émotion, — mais dis-moi que tu me comprends
bien, que tu es de même...

— Oui! je te comprends bien... Oui! je suis
de même... — disait lentement Allan, comme
un écho fatal, en suivant le cours de ses pensées, qui, malgré lui, l'entraînaient.

— Et tu ne sais pas plus que moi ce que tu
as?... — reprit la jeune fille, avec une grâce
curieuse de femme et la peur d'une réponse
qu'elle implorait toutefois. — Toi! mon frère
aîné, tu ne sais pas non plus?...

— Si! — répondit brusquement Allan. Puis
il s'arrêta, et se rejetant tout à coup en ar-
rière devant ce qu'il allait révéler :

— Dis-le! — reprit-elle, avec un de ces
regards qui font tomber de l'arbre le rossignol
sur l'herbe où l'attend le serpent, et un secret
des lèvres d'un homme au sein d'une femme.

— Eh bien, ma sœur, — dit Allan, vaincu,
après une pause, — je crois que nous nous
aimons trop tous les deux! »

La lueur formidable de ce mot éclaira-t-elle

tout à coup le fond du cœur de Camille ? Vit-
elle à nud sa misère ?... Le passé réveillé à cette
suprême parole lui montra-t-il l'avenir qui n'é-
tait pas encore?... Comprit-elle?... Ou chercha-
t-elle à comprendre ?... Toujours est-il qu'elle
n'eût pas courbé la tête avec une consternation
plus grande et un silence plus atterré quand
elle eût compris...

Madame de Scudemor rentra, et, se repla-
çant sur sa causeuse :

— « Qu'est-ce donc que vous faites là-bas, mes
enfants ? — dit-elle, avec sa grâce tranquille.

— C'est Camille qui s'est trouvée mal de la
chaleur de l'appartement, — répondit Allan.—
Elle s'est éloignée du feu. Mais c'est passé
maintenant.

— Est-ce bien sûr ? — dit madame de Scudemor, en fixant Camille avec un intérêt aimable. — Veux-tu qu'Allan ouvre une fenêtre,
si tu as besoin d'air ?

— Merci, maman, — fit Camille, — je suis
tout à fait bien maintenant. » — Et elle reprit
son ouvrage. Allan, que la comtesse n'interrogea pas sur sa sortie du salon, se plaça à côté
de Camille et demanda à madame de Scudemor
quels étaient les livres qu'on lui avait adressés

de Paris. A cela près de trois à quatre questions insignifiantes, ils achevèrent tous les trois
silencieusement la soirée jusqu'au moment où
la pendule sonna onze heures et demie, heure
à laquelle ils avaient assez l'habitude de se
retirer.

VI

CAMILLE A ALLAN

NOUS *nous aimons trop!* as-tu dit. C'est ce qui trouble notre vie, jusque-là si bonne, si douce, si heureuse. C'est ce qui me fait cacher des larmes maintenant. C'est ce qui a rendu ces trois jours si tristes. *Nous nous aimons trop !* Ah! mon frère, pouvais-je croire t'aimer jamais assez?

« Je t'aimais, et c'était ma joie, ma vie, toute ma destinée. Va! je sens que je t'aime encore, que c'est ma destinée toujours, mais pourquoi n'est-ce plus ma joie? Pourquoi cet amour, qui me faisait si doux à l'âme, à présent m'y fait-il amer? Tu n'as pas changé. Je ne suis pas changée. Rien n'est changé autour de nous. Pourquoi, dans nous, tout n'est-il plus de même? *Nous nous aimons trop!* Y penses-tu, fou? Trop s'aimer, est-ce possible? Trop s'aimer empêcherait le bonheur, quand s'aimer tant rendait si heureux? Tu t'es trompé, Allan! Tu n'y es pas, mon frère! Le bonheur, s'il faisait souffrir, ne serait plus le bonheur, et sans renier ou l'un ou l'autre, il n'est pas plus permis de dire : trop de bonheur, que : trop d'amour!

« Le bonheur! Oh! dis, le sens-tu comme moi? En as-tu besoin comme moi?... Peut-être y a-t-il dans nos bonheurs la différence qui est en nous, mon frère, la différence de frère à sœur? Je ne sais pas; je suis une ignorante et l'amour m'a rendue orgueilleuse ; mais bien des fois, Allan, dans nos longues causeries, tes yeux, arrêtés sur les miens, n'exprimaient pas un bonheur comme celui dont j'étais inondée.

Mais les miens l'exprimaient-ils mieux?... Si
j'avais été dans tes yeux pour me voir, me
serais-je trouvé l'air assez heureuse? Peut-être
pensais-tu la même chose que moi? Peut-être
suis-je une sotte de croire sentir le bonheur
mieux que toi, mon frère adoré? Pardonne-
moi ces présomptions folles! Qu'elles t'appren-
nent la soif de félicité dont je suis altérée!
Quand tu m'en abreuves depuis deux mois,
pourquoi cette soif, Allan, n'est-elle pas encore
apaisée?... Je comprends que mes roses n'aient
plus de parfum lorsque je les ai longtemps
respirées, mais le lendemain, je retrouve des
parfums nouveaux dans des roses nouvelles,
ou il faudrait prier Dieu de faire d'autres roses.
Hélas! mon bonheur épuisé, ô mon frère,
c'est comme s'il n'y avait pas dans les roses
nouvelles de parfums nouveaux, et je n'ai plus
qu'à te supplier, toi, le Dieu de ma vie, de
me créer un autre bonheur!

« Oui! Allan, donne-moi du bonheur. Fais-
moi être heureuse à tout prix! Tu le peux,
toi! Tu peux tout sur Camille. Ne viens-je pas
d'être heureuse par toi à ne plus rien savoir
de la terre, à ne plus rien espérer du ciel?
Ton amour, ô mon frère, n'a-t-il pas fait de

moi une créature satisfaite? Tu vois bien que
nous ne nous aimons pas trop, puisque cet
amour même ne nous suffit plus. Va! crois-moi,
je ne défaille pas sous la félicité. Si je me plains,
je ne demande pas grâce. Mon cœur est plein
d'une force surhumaine. Oppresse-le, il n'é-
touffera pas! O Allan! encore! encore! Du
bonheur, ami, ou mourir!

« Je t'écris, Allan, et je pleure... Ma mère
est couchée. J'ai tant souffert ces jours derniers, que l'idée m'est venue de t'écrire ce
soir. J'ai tant souffert... Ah! il faut bien se
servir de ce mot, puisque nous n'en avons pas
un autre, mais ce mot t'exprimera-t-il bien ce
que j'ai souffert, ô mon ami? Non! ce n'était
pas d'une douleur, c'était seulement de n'être
pas heureuse; — mais n'est-ce pas là toute la
douleur de la vie? N'être pas heureuse et
avoir une âme, un cœur qui bat, une pensée
qui s'élance, et n'être pas heureuse! O angoisse!
Ah! prends pitié de cela en moi. Tu dois en
souffrir plus courageusement qu'une faible
femme. Allan! je te demande de la pitié. La
pitié, c'est de l'amour encore. Ne dis plus que
nous nous aimons trop! Mais si tu m'aimais
trop, voudrais-je que tu m'aimasses davantage?

Hélas! pourrais-je jamais anéantir cet indomptable instinct qui me dévore, ô mon tendre
ami?

« *Nous nous aimons trop!...* Comme tu as
dit cela, Allan! Comme ta voix était solennelle! Comme tu étais pâle! Comme tu res-
semblais à cet Ange que nous vîmes ensemble
à Florence, et qui sonnait la trompette du
Jugement dernier! Comme j'ai retenu l'accent
avec lequel tu parlais! Le mot dit par toi me
poursuit. J'y pense sans cesse. Mais il m'afflige
sans m'épouvanter; car il ne contient pas un
regret de toi. Tu nous unifiais, dans ce *nous
nous aimons trop* incompréhensible! Quoi qu'il
prophétise et quoi qu'il arrive, ce qu'il cache
nous atteindra tous les deux. Aimons-nous
donc sans crainte, ami! Qui nous empêcherait
de nous aimer? Si étroitement que nous nous
serrions l'un contre l'autre, qui pourrait un
jour nous séparer? Sais-tu, toi, qui le pourrait?
Qui? Quand je regarde, je ne vois rien... Dans
les ténèbres, nous rêvons d'abîmes... Nous
sommes des enfants, mais appuyons-nous, toi
sur moi, moi sur toi, et gagnons ainsi l'avenir,
ô mon cher Allan! Aimons-nous en toute confiance. Ton cœur n'est-il pas pur comme le

mien?... Ah! j'ai beau lutter contre le mot fatal prononcé par toi, j'ai beau m'entourer d'espérances, mes larmes coulent, ô Ange de ma destinée! comme si c'était vrai que s'aimer trop enlevât le bonheur de la vie. »

VII

ETTE lettre fit faire à Allan de
nouveaux pas dans l'épouvante.
Elle lui découvrait des horizons
et des orages au fond de ceux
qu'il avait aperçus dans l'avenir. Quelle était
donc cette jeune fille qui s'attachait à lui de
toute la force d'une affection unique, faible
créature dont les besoins de bonheur étaient
d'une telle intensité?... Il comprenait que ce
n'était pas en vain qu'elle l'aurait aimé et
qu'elle ne lui faisait grâce d'aucune des possi-

)ilités d'être heureuse... Essai cruel, qui finit
)ar le désespoir! Il se demandait comment il
outiendrait la lutte avec cette femme d'une
)assion si désordonnée d'être heureuse *à tout*
vrix, quand elle était déjà si forte de l'amour
qu'il s'était surpris pour elle? S'ignorer tant
d'un côté, se savoir si bien de l'autre, lui
paraissait une chose étrange et menaçante.
Quel cri tout humain retentissait à travers ces
merveilleuses puretés de soupirs et ces tendresses fraternelles! Oui! c'était une chose
étrange et formidable. Quand les passions
n'ont pas encore perdu le caractère de l'innocence, elles cachent l'infini dans leur
sein.

Les dernières lignes de la lettre de Camille
lui revenaient à l'esprit comme un doute.
Soupçonnait-elle le secret scellé aux lèvres de
madame de Scudemor et aux siennes, à lui?...
Et, moitié par respect pour Yseult, moitié par
complaisance pour sa passion qu'il sentait
déjà grande, il essaya de l'abuser : « Tu as
raison, Camille, — lui répondait-il, — aimons-
nous toujours davantage! Aimons-nous et
soyons heureux! Ah! s'il ne te faut pour être
heureuse que l'adoration de ton frère, comme

tu le seras désormais! Ta lettre a redoublé
pour moi l'affection que je te portais. O ma
chérie! comme ton âme est vaste! Je veux la
remplir toute entière; si profonde qu'elle soit,
je la comblerai avec mon amour.

« Pardonne-moi ce mot qui t'a fait un mal
inutile, mon enfant bien chère! Le mot incompréhensible pour toi, qu'il le soit toujours! Tu
as deviné juste en croyant qu'il ne m'isolait
pas de toi par un regret. Pourquoi me repen-
tirais-je de t'aimer? Mais, comme tu me l'as
dit toi-même, il y a des différences dans la
manière d'être heureux, et si à t'aimer je me
sens ton égal, ô Camille! en bonheur, mon
âme vaut moins que la tienne. Je n'ai pas ton
immense capacité d'être heureux. Toujours je
me suis défié de la vie. Toujours je lui ai trouvé
l'air perfide, alors qu'elle me souriait davantage. Superstition dont ma raison rit, mais qui
s'en venge! J'ai toujours cru que le jour de
ma naissance, — t'ai-je dit que je suis venu
au monde un jour d'hiver sombre et glacé, le
jour des soupirs et des larmes que les Morts
dont il porte le nom ont marqué d'une pro-
phétique poussière? — Oui! j'ai toujours cru
que ce jour répandrait une funeste influence

sur ma vie et sur ma pensée. Te rappelles-tu, ma sœur, que, dans notre enfance, je t'ai bien souvent affligée de mes tristesses? Te rappelles-tu que je t'ai souvent repoussée pour être seul? Tu ne savais pas ce que j'avais, innocente pauvrette! C'était cela, Camille, c'était l'idée de l'Inconnu, informe encore mais déjà comprise, qui m'atterrait de pressentiments inexplicables.

« Mais je ne dois pas troubler ta vie de ces inquiétudes de la destinée, ô Camille! Quand tu me demandes du bonheur avec une voix suppliante, quand tu as mis sur ma tête tout ce que tu as eu d'amour à donner et de félicités à attendre, je ne dois pas te renvoyer ta prière avec les funèbres imbécillités de mon cœur. Non! je veux plutôt partager ton enthousiasme au bonheur que tu fais sortir de l'amour. D'ailleurs, cet amour n'a-t-il pas déjà endormi mes sombres pensées? Et puisque ces deux mois ont été pour moi aussi doux que la Voie lactée dans un ciel de nuit épuré, pourquoi les jours à naître encore différeraient-ils de ceux qui ne sont déjà plus? Pourquoi ne me serait-il pas permis de croire en toi plus qu'en moi-même?... Ah! j'ai eu tort. Je m'en

accuse, et je reprends l'imprudente parole qui
a pu faire couler tes larmes.

« Mais écoute, ô ma tendre amie! Si parfois
près de toi que j'aime, au sein de cette existence comme on la rêve et que nous avons
réalisée, un nuage allait voiler mon front, une
pensée glacer mon sourire, oh! ferme les yeux
et oublie. Ce ne sera jamais qu'un instant
rapide, un éclair aussitôt éteint qu'aperçu.
Quand tu les r'ouvriras, tes yeux adorés, tu me
trouveras rassuré et serein comme toi. Ne
t'inquiète pas de ces moments subits qui tra-
versent le bonheur même, de cette nature
obstinée qui revient alors qu'on la croyait
vaincue et désarmée! Absous-moi de cette
éternelle défiance, si jamais elle reparaît et
surnage pour être de nouveau perdue dans les
délices de notre union. Cette défiance, ô ma
sœur chérie! ne s'adressera jamais à l'amour.
Ne t'en afflige pas; ta pitié me serait trop
cruelle. Puisque mon amour te suffit, me
punirais-tu, en n'étant pas parfaitement heureuse, de ce que je ne puis être, Camille,
aussi heureux que toi? »

Certainement, Allan était vrai en écrivant
ainsi à mademoiselle de Scudemor. Mais l'idée

de la prédestination au malheur, cette idée
qui peut prendre les hommes sans folie, —
tant le malheur est certain, tant il est inévitable! — était-elle tout le secret de ses tristesses? Non! sans doute. Seulement, il dissipait
un soupçon ou le prévenait en insistant sur
cette défiance, un des côtés de son caractère.
A tout prendre, il agissait ainsi encore plus en
vue de madame de Scudemor que de lui-
même; car il se regardait comme violenté par
une fatalité implacable, — l'amour de Camille.
Mais, du moins, il espérait que ces deux femmes
qui devaient lui briser le cœur, chacune à sa
manière, ne se briseraient pas l'une contre
l'autre, après le lui avoir écrasé.

Quand on est le jouet d'une fatalité qu'on
adore et qu'elle pousse au but redoutable par
la route que l'on eût choisie, on oublie aisément que l'on est victime. C'est moins parti-
pris que stupidité de la passion, et l'homme,
distingué de la bête par la prévoyance de
l'avenir, paît les fleurs de la vie comme le
taureau engraissé pour le sacrifice. Allan était
aimé. Ce bonheur de l'amour avait de si dé-
lectables ivresses, qu'il aurait souhaité qu'elles
ne se fussent jamais dissipées. Mais l'intelli-

gence venait-elle, de temps en temps, se faire
jour à travers, il avait horreur de ses ivresses,
et s'y rejetait, tête baissée, avec désespoir.
Prévoyait-il le moment où il les invoquerait
encore, mais, alors, en vain ?

VIII

EPENDANT, la vie sembla redevenir ce qu'elle était pour Allan
et Camille, mais avec un caractère plus ardent et plus concen-
tré. Chaque jour précisait la passion davantage. Elle commençait à sortir de l'inconnu où
jusque-là elle avait été diffondue. Mer montante, vague sur vague dont on entend les lointains murmures derrière la montagne qui en
sépare et sur les sommets de laquelle elle
apparaît un jour, lumineuse, dominant enfin
ces plateaux, opiniàtrement envahis!

La lettre d'Allan avait entièrement calmé les
terreurs de Camille. Elle le plaignait de cette
disposition défiante dont il ne lui avait jamais
parlé, et qui maintenant expliquait pour elle
bien des tristesses. Que son amour triomphât
ou non des défiances de son frère, ce lui était
une raison de plus pour l'aimer davantage.
Ah ! quand on aime, tout, hélas ! est une raison
de plus.

— « Je veux faire mentir ses pressentiments »,
se disait-elle. Et, en effet, son regard, sa voix,
sa main, quand elle la posait dans la sienne,
tout son être enfin respirait tellement l'amour
que celui qui l'aimait ne pouvait pas avoir une
crainte. Madame de Scudemor n'aurait pas pu
soupçonner quels mystérieux effluves d'amour
s'épandaient de ces deux jeunes gens vivant
si près d'elle, — et qui paraissaient vivre
tout naturellement de la simple vie de la
famille, — en présence de cette intimité qui
était plus qu'une familiarité d'habitude, et
dont les dehors chastes et retenus exprimaient
une affection si profonde. Elle les regardait
avec ses yeux secs et son sourire pâle, et qui
sait si elle ne souffrait pas, au fond du cœur,
de ne pouvoir être en tiers dans cette confiance

et cette amitié? Car les affections font envie
encore lorsque le cœur n'a plus la force de
s'attacher, et la nature humaine s'ingénie tellement à souffrir, que ce qui ne serait plus un
bonheur peut être une douleur pour elle.
Regret faible, du reste, s'il existait en Yseult,
et qui mourait silencieusement où il était né,
sans trahir son existence avortée dans son
visage tranquille et défait.

Quelquefois, quand elle n'était pas dans le
salon, Camille disait ingénument à Allan : —
« Ma mère ne sait pas à quel point nous nous
aimons, mon frère ! » — Et cette parole tombait
comme un froid glacial au milieu des douces
impressions et des inépuisables sensations
d'Allan. Il avait de puissantes raisons, le malheureux, pour souhaiter qu'elle l'ignorât à jamais ! — « Mais — reprenait Camille, toujours
travaillant à sa broderie, — qu'est-ce que cela
fait qu'elle ne le sache pas? Ces choses-là ne
peuvent se confier. Est-ce parce que je n'aime
que toi, Allan, qu'il me serait impossible de
dire à un autre combien tu m'es cher?... Et
puis, ma mère, toute bonne qu'elle est pour
moi, est si froide, que je me sens timide avec
elle encore plus qu'avec une étrangère. »

Allan n'osait répondre à ces paroles. Il savait combien peu madame de Scudemor était, par le cœur, la mère de Camille. Mais lui, à qui elle s'était dévoilée, lui qui connaissait la cause de l'aridité de cette âme trompée et ulcérée, il avait pour elle un tel respect qu'une observation dite sur sa froideur lui eût semblé une dureté et une ingratitude. Camille ne pouvait pas pénétrer le motif du silence d'Allan, mais elle l'aimait trop pour n'y pas voir une délicatesse.

— « Tu n'oses pas accuser ma mère, — reprenait-elle, — tu es si bon et si généreux, mon Allan! Je ne l'accuse pas non plus. Peut-être a-t-elle été malheureuse? Cependant, elle ne pleure jamais, et je ne me souviens pas de l'avoir vue triste.

— C'est qu'il y a des malheurs si grands — répondait Allan — qu'ils tarissent les sources des larmes, et des abattements qui ressemblent presque à du courage, tant ils frappent d'impassibilité! Toi, tu es à l'aurore de la vie, ô ma sœur! et tu ne sais que les larmes pour exprimer la douleur, parce que si tu souffres, tu pleures. Mais a-t-on toujours le cœur plein, et faudrait-il croire ta mère moins à plaindre si elle ressentait cette sécheresse?

— Qui donc t'a appris cela, mon frère? » — lui disait la naïve enfant. Mais il se gardait bien de répondre. Il se gardait bien de lui dire d'où il tenait ces choses, et comment, presque aussi jeune qu'elle, il les savait. Sous l'impression attristée de ces paroles, Camille repensait à sa mère :

— « Si tu as raison, — ajoutait-elle, — je ne veux pas avoir l'injustice du plus léger murmure contre la froideur de ma mère. Et d'ailleurs, pourquoi me plaindre, ami, puisque tu me tiens lieu de tout? Avec toi, ai-je besoin de rien? Ah! pas même de l'amour de ma mère! »

Et ces ravissantes paroles, elle les lui disait avec un accent qui résonnait comme une musique du ciel que l'oreille nous apporte au cœur.

— « Oui! je suis orpheline comme toi, — reprit-elle. — Aimons-nous, Allan, aimons-nous, comme deux pauvres enfants qui n'ont jamais eu de tendresse de mère à recueillir! Vois-tu! je serais presque fâchée que ma mère m'aimât à présent. Je suis heureuse d'être orpheline; car n'est-ce pas être toi davantage? »

— Et elle le regardait de manière à le faire évanouir, s'il n'avait pas penché son front sur

son épaule, inondé des plus pures délices et
se complaisant dans la suavité des larmes qui
emplissaient ses yeux. Elle, plus jeune et plus
frêle, soutenait sans faiblir cette tête pleine de
pensées, ce front auquel la douleur avait déjà
mis son sillon. Elle était fière de l'émotion
qu'elle produisait en cet homme, son frère
aîné en force comme en âge. Quelle est la
femme qui n'a pas fait délicieusement la mère
avec son amant, et n'a pas bercé, comme un
enfant, sur sa poitrine, son protecteur et son
roi? Elle ne pleurait pas comme Allan, mais
souriait... Ses yeux, baissés vers lui, répandaient une flamme plus longue que ses cils et
plus douce que les reflets d'un soir de mai.
Ses brunes joues, qui avaient toujours un peu
de l'opacité de leur teinte foncée, devenaient
transparentes en rougissant. Il semblait qu'une
lumière — mais une lumière de carmin — y cou-
lât, sous le velours de la pêche mûre, comme
un fluide rayonnant. Plus radieuse et non moins
touchante que la blanche mère du Corrége,
son enfant à la mamelle, les larmes trem-
blantes à la joue et inondant le sourire, on eût
compris, en la voyant, de combien le pur amour
de la vierge l'emporte sur l'amour maternel.

Mais Yseult venait-elle à rentrer, elle interrompait ces longues extases et ces félicités
inouïes. L'épanchement n'était plus qu'un
mince filet d'eau, à la place où il avait ruisselé
en rivières. Cependant, le charme souvenu du
moment passé embaumait le moment présent,
et cela même leur était doux encore. L'âme
avait besoin de se détendre, de se replier sur
elle-même, pour mieux *jouir de sa jouissance.*
Réfléchir sur son bonheur, n'est-ce pas le
doubler ?...

Oh ! si l'amour restait toujours dans nos
âmes ce qu'il était pour ces deux jeunes gens,
quelle belle chose il ferait de la vie ! Comme
il faudrait le pleurer et mourir quand il ne
serait plus ! Tout ce que les poètes ont dit du
bonheur de s'aimer aurait été grossier, en
comparaison de celui qui les submergeait.
Adorables chastetés au milieu de tous les
abandons ! Ils auraient été des pensées que
Dieu aurait oublié de vêtir d'une forme moins
lumineuse, qu'ils ne se seraient pas autrement
embrassés et confondus dans son sein. Seulement, qui respira jamais la fleur sans enlever
le duvet soyeux qui la couvre ? Et si on pouvait changer en parfums les couleurs dont elle

est ornée, qui ne les fondrait sans pitié avec la
fraîche odeur qu'elle exhale, pour aspirer en
soi tout entière cette fleur que l'on possède
mieux encore avec une haleine qu'avec un
regard?...

Cette loi de toutes les créatures les atteignit
dans l'élyséenne existence que le sentiment
leur avait faite. Un nouveau grain de sable
tomba au fond de cette coupe merveilleuse où
ils buvaient le feu des étoiles, et, comme il
arrive toujours, ce peu de la terre mêlé à
toutes les béatitudes du ciel leur rendit ces
béatitudes plus grandes encore... Ah! cette
première volupté, ce premier tressaillement
d'une autre substance que celle de notre âme,
ce premier bond de la chair, enfant sans
forme, dans les flancs d'un amour si pur, et
qui sans en sortir nous apprend pourtant qu'il
a vie, est le moment le plus complet en bonheur; car c'est tout l'homme qui est heureux.
Le rayon d'or ne s'arrête pas seulement aux
âmes, il pénètre au fond de nos poussières et
les divinise, — mais, hélas! il ne s'en retire
que souillé. Le mysticisme n'est possible qu'un
instant dans les sentiments de l'homme et de
la femme, et c'est un mensonge, pour peu

qu'il dure. — « Mon ami, — dit un jour Camille
à celui qu'elle n'avait appelé si longtemps que
son frère, — ma mère est de trop à présent.
Nous ne sommes pas assez souvent seuls, et
il nous faut trop renfermer ce que nous avons
à nous dire. » — Allan le trouvait comme elle,
mais il leur était impossible d'éloigner madame
de Scudemor. Le printemps, dont ils appro-
chaient chaque jour davantage, leur donnerait, espéraient-ils, une liberté plus grande.
N'auraient-ils pas le prétexte de mille promenades? Et quand on les croirait dans des di-
rections différentes, ne pourraient-ils pas se
rejoindre, protégés qu'ils seraient par les
arbres du jardin? Mais, en attendant, il fallait
se contenter de quelques mots bien tendres à
la dérobée, et retenir leurs larmes de bonheur
et l'amour qui les oppressait. C'était difficile.
Leurs jeunes organes en auraient plutôt éclaté.
Ils résolurent, du moins, de s'écrire chaque
soir ce qu'ils ne se seraient pas dit dans la
journée. Un très beau Burns, le poète favori
d'Allan, fut l'endroit où ils déposèrent leur
correspondance. Ce livre était placé dans la
bibliothèque, où madame de Scudemor n'entrait jamais.

11.

Ce chétif dédommagement les fit vivre
quelque temps encore. Ils étaient bien fous ou
bien sublimes, mais c'était toujours le frère et
la sœur. C'était toujours, du côté d'Allan, la
pureté de l'amour mystique, le plus beau
poème que l'imagination chantât dans son
cœur; du côté de Camille, l'ignorance de la
vierge à sa première pensée. Quoiqu'elle fût
de cette beauté dangereuse qu'on n'aspire par
les yeux qu'avec des frissonnements, beauté
de lutteuse qui promettait des résistances
même étant vaincue et qu'on n'aurait pas craint
alors d'écraser; quoiqu'elle exhalât l'odeur
voluptueuse des fleurs les plus brûlantes du
Pérou, comme si quelque chaud parfum d'hé-
liotrope eût été caché dans ses vêtements,
jamais Allan ne l'avait considérée que comme
l'expression d'un sentiment virginal et pourtant exalté. Placé incessamment à ses côtés, il
avait reposé ses yeux des journées entières sur
ce buste fait pour tous les enlacements et les
étreintes de l'amour; sur ces épaules en cœur
et cette nuque enivrante, où de petits cheveux
rebelles au peigne frisaient et, faisant comme
une légère mousse d'or, rappelaient qu'enfant
cette tête, bronzée maintenant, avait été

rousse ; et jamais il n'avait senti sur ses lèvres
les humidités et les sécheresses du désir. Il
voyait la vie dilater son double fruit au corsage de cette jeune fille avec l'harmonie de
deux sphères célestes dans un firmament de
printemps, et il n'éprouvait pas ce qui s'élève
en nous à la vue d'un lac frais et suave, après
un jour de chemin dans une route crayeuse et
aride, crevassée d'un soleil ardent. Camille, à
son tour, avait porté des heures l'haleine de
cet homme contre sa joue, et cette haleine ne
l'avait pas couverte de ces sueurs de feu qui
nous ruissellent de la tête aux pieds, à ce petit
souffle de la bouche aimée. Elle n'en avait pas
même frissonné. A la vérité, souvent elle lui
disait qu'il était beau, avec un accent idolâtre.
Mais les mères ne le disent-elles pas à leur
enfant ?...

Camille et Allan, qui ne voulaient pas se
quitter dans la journée, ne pouvaient s'écrire
que la nuit. Leurs lettres étaient longues et
leur faisaient prolonger la veillée jusqu'au
matin du jour suivant. Étaient-ce ces insomnies
continuelles qui avaient battu si profondément
les yeux de Camille ? mais un cercle violâtre
les entourait. On eût dit un soleil d'été embrâ-

sant une masse de nuages sombres. Pour qui
l'aurait bien observée, elle était plus abattue
que triste. Elle avait la double lassitude du
bonheur et de l'innocence, et de ces deux
fatigues, la plus grande, en ce moment, ce
n'était pas celle du bonheur!

Allan regardait aux yeux de Camille cette
trace meurtrie d'une souffrance et d'une fatigue
secrète, un soir qu'ils étaient seuls, par un de
ces hasards qui s'offraient à eux quelquefois.
L'hiver alors tirait à sa fin, et le jour était haut
au dehors à cause de la transparence de l'at-
mosphère par le temps de gelée qu'il faisait...
Dans le bleu extrèmement clair du ciel, des
étoiles, qui semblaient plus petites qu'à l'ordinaire, étincelaient aussi plus blanches et plus
acérées que de coutume. Une lune amincie y
glissait un croissant diaphane, comme une
moitié de bracelet, brisé et perdu. Le marais,
tout inondé encore des débordements de la
Douve, qui peu à peu se retirait, reflétait le
calme du ciel, et les saules, dont les branches
droites ressemblent à une chevelure de femme
soulevée par le vent, étaient couverts de givre
et de mille cristallisations capricieuses. Paysage
fantastique, aperçu à travers le voile de

vapeurs que la chaleur du salon tirait sur les vitres des fenêtres, et qui avait cette gaieté des gelées blanches, espèce de sourire de l'hiver lorsque l'air est fin et sonore.

— « Ne souffres-tu pas, Camille ? — demanda Allan à la jeune fille. — Je te trouve changée et abattue depuis quelques jours. Qu'as-tu donc, ma sœur ?

— Rien. Je ne souffre pas physiquement, du moins, — reprit-elle, avec un sourire lent et remerciant. — Mais...

— Mais ?... — interrompit Allan.

— Mais, comme tu le dis, je me sens abattue. Je languis de t'aimer et j'en voudrais vivre. »

Ils se prirent les mains ; elles étaient brûlantes toutes les quatre.

— « Oh ! Allan, — dit-elle, en levant vers lui ses grands yeux noirs fatigués mais ardents, sphères de flamme dans leur orbite cernée, — pourquoi donc suis-je triste comme toi, moi qui suis faite, dis-tu, pour être heureuse ?... Ah ! vraiment, je commence à croire que le cœur est trop petit pour tant d'amour. Un grand dévouement me soulagerait.

— Il n'y a que la mort qui nous soulagerait,

— dit Allan ; mais elle ne vit pas le sens de ces paroles. — Veux-tu mourir avec moi, Camille, puisque nous ne pouvons plus porter le poids de notre bonheur ? »

Chose admirable que l'amour ! Cette enfant qui palpitait de vie, se mit à sourire suavement à cette pensée de la mort comme on sourit à une jeune amie.

— « Mourir ? Oui ! pour toi ! mais non avec toi ! — dit-elle. — Oh ! oui, mourir pour toi, je le voudrais ! Tu as trouvé ce qu'il me faut, Allan !

— Pourquoi pas ensemble, ma sœur chérie ? — reprit-il.

— Parce que, — répondit-elle, en répandant mille éclairs sur le pauvre cœur humain, sans qu'elle y pensât, — parce que mourir ensemble n'est pas se dévouer ; parce que ce serait à recommencer, s'il y avait encore de l'amour de l'autre côté de la tombe. O mon ami ! ce n'est pas de repos que j'ai soif, mais de sacrifice. »

Elle demeura quelque temps comme si elle réfléchissait ; Allan aussi. Et ces enfants amoureux étaient graves comme des vieillards. L'amour venait de conduire leur pensée aussi loin qu'elle pouvait aller dans l'infini. Mais,

du sort dérision amère! des bords de l'éternité
où ils étaient, ils revinrent tout à coup à la vie.
Chute profonde et pauvre chose que l'âme humaine, puisque les ailes lui manquent si tôt, et
que, du plus pur de ses rêves où il emportait
sa gorge sanglante, l'oiseau divin doit retomber!

Ils restaient, rien ne se disant, les mains
unies. Elle, accoudée sur ses genoux en face de
lui, son visage altéré par le malaise d'un amour
et d'un bonheur trop grands. Les traces d'insomnie qui le sillonnaient, ces yeux chargés,
ce sourire languide, cette humanité consumée
par la flamme intérieure, et surtout ce désir
du sacrifice, ce désir de mourir pour lui au
plus profond du bonheur même et qui était
toute sa souffrance, la rendaient plus belle
qu'une martyre. Ah! que devait-elle apparaître
à celui qui s'était lavé des souillures des premières caresses dans le recueillement de la
pensée et la honte d'un amour de chair; à lui,
son frère, sa vie, son âme, qui s'était pardonné
de l'aimer et rassuré sur l'avenir à cause de la
pureté de l'amour qu'il avait pour elle? Que
devait-elle lui apparaître, à lui, qui, ne soup-
çonnant plus un bonheur de plus avec elle,

venait de lui proposer si simplement de mourir? A cette heure, même pour un autre que
pour Allan, Camille rayonnait mille fois plus
d'âme que de beauté corporelle; mais pour
lui, qui adorait surtout son âme à travers cette
beauté du corps qu'elle rendait plus grande,
Camille ne devait-elle pas être un objet sacré
et religieux?...

   Cela devait être, et cela ne fut pas. Faut-il
maudire la nature humaine? Ames tendres,
qui vous croyez pures, fermez ici ce livre et ne
le r'ouvrez plus!... Leurs haleines, qui tant de
fois avaient passé sur leurs fronts candides sans
n'y laisser que le froid bientôt évaporé d'un
souffle, leurs haleines frôlaient leurs visages.
Celle de Camille, ordinairement saine et fraîche comme la rosée de Mai dans un lys, avait
quelque chose d'âcre, de brûlant et de malade.
Les femmes, ces Ironies incarnées, dans ces
mystérieux jours de souffrance toujours ramenés mais éphémères, où elles ne veulent de
l'amour qu'au bras sur lequel elles puissent
chastement s'appuyer, ont de ces haleines sans
pureté qui font du cœur une sensitive et coulent un frisson dans les os. Camille traînait
longuement la sienne et sa bouche était en-

tr'ouverte. Les deux coins en étaient noyés dans une humidité savoureuse, imperceptible écume des flots du cœur laissée dans les plis du sourire. Allan vint à frémir au toucher de ce souffle, chaud et froid tour à tour comme la menthe, mais imprégné de fièvre et de je ne sais quelle odeur irrespirée et sans nom... Le sang lui battait aux artères, mais c'était peut-être l'extase du cœur. Il se penchait toujours un peu plus vers elle, et elle, dans sa contem-plation muette, s'inclinait vers lui à son tour, comme pour confondre leurs pensées dans quelque baiser fraternel et pudique, tout plein de la sécurité sainte du sentiment dont ils étaient animés.

Des quatre mains unies, deux cependant se dénouèrent; l'une enlaça le corsage de Ca-mille, l'autre, plus lentement encore, se sus-pendit au cou d'Allan... Entre ces quatre lèvres, il n'y avait plus à peine que le mol intervalle de celles de Camille, quand, sur un fond clair comme celui de la fenêtre, on la regardait de profil. L'atome d'air qui les sépa-rait fut bientôt dévoré. Pour la première fois, le baiser dura plus que le temps d'un contact faiblement ressenti. Pour la première fois, ce

II.   14

n'était pas deux feuilles de rose qui se tou-
chent vaguement dans l'espace où les roule la
brise du matin. Plus trempées de rosée ce
jour-là, elles demeurèrent collées l'une à l'autre. En vain Camille résista-t-elle sous la pression plus enivrée d'Allan. Il cherchait à la
source le nectar virginal dont il avait tari la
mousse légère au bord de la coupe. Ce ne fut
qu'un baiser, mais d'un voluptueux mystère,
car on n'en eût vu que la moitié, mais c'était
le baiser qui plonge au cœur une flèche qu'on
n'en arrachera jamais plus!

Que devenait la sœur? Que devenait le
frère?... Le glorieux amour du mystique expirait avec les ravissantes ignorances de l'adoles-
cente. Est-ce ainsi qu'*elle* devait étancher sa
noble soif de sacrifice? Est-ce ainsi qu'*il* se
souvenait du bonheur qu'il y aurait eu à
mourir?

I X

CAMILLE A ALLAN

Allan, Allan! Qu'est-ce que je suis? Qu'est-ce que je sens, depuis hier? Il y avait des bonheurs encore quand je croyais les avoir tous épuisés! Il y avait de la vie au fond de la vie, un amour encore dans notre amour! Dis-moi, y en a-t-il encore? Sera-ce ainsi toujours, mon ami? Oh! alors, que cela est bon de vivre! Et toi qui parlais de mourir?

« Ah! j'ignorais la puissance d'une caresse

quand on aime, et pourtant je connaissais tes
caresses et je ne t'aimais pas moins qu'aujourd'hui. Tes baisers, ô mon frère, avaient la
douceur du miel sur mes lèvres! Quand mon
cœur faisait chaud dans ma poitrine, tes baisers semblaient y descendre comme un lait
exquis et rafraîchissant. Ils étaient un calmant
pour mon âme. A présent, Allan, quelle différence! Ils bouleversent! Ils écrasent! Ils font
mourir! — Mais ces défaillances qu'ils pro-
duisent, sont plus délicieuses encore que le
calme qu'ils m'apportaient autrefois.

« Mon ami, est-ce donc qu'on ne sait jamais rien de soi? Est-ce qu'on s'abuse, même
en pressentant? Tu te rappelles que je pliais
sous la vie? que je désirais mourir pour toi?
que j'invoquais le sacrifice? Eh bien, depuis
cette caresse inconnue, je ne demande plus de
sacrifice! T'aimé-je moins? Ah! mon Allan,
quand je mets la main sur mon cœur, je sens
que je t'aime davantage. Je sens que je mour-
rais encore pour toi avec joie; mais j'aurais
plus de regret à mourir.

« C'est qu'il y a toute une vie nouvelle dont
nous n'avons pas vécu, ô mon tendre ami! Le
bonheur est comme un astre qui ne se lève

pas d'un trait dans notre âme. C'est son
premier rayon qu'on prend pour lui tout
entier !

« S'il en était autrement, mon Allan, qu'est-
ce qui pourrait résister?... La nature humaine
serait vaincue. On mourrait comme frappé de
la foudre, ou peut-être deviendrait-on insensé?
Sans cela même, hélas ! suis-je bien sûre que
la démence ne suive pas l'impression de ce
bonheur sans pareil? Est-ce que je n'ai pas été
folle, cette nuit?... Ce matin, ma tête brûle
encore. Mon œil est trouble, et des frissons me
passent sur le cou et dans les épaules, comme
si j'étais auprès de toi !

« Mais, du moins, je ne me crispe plus pour
me cacher. Je ne crains pas de soupirer tout
haut, de t'appeler mon Allan, de me croire
toujours à tes côtés. Ah ! lorsque ma mère est,
tantôt, revenue, qu'il a fallu reprendre la vie
accoutumée, tout émue de cette phase nouvelle de notre amour qui venait de commen-
cer ; quand il a fallu se taire, s'étouffer, se dé-
vorer de frémissements, j'ai tremblé de ne pas
en avoir la force. J'ai cru que mon cœur allait
se briser. Involontairement, je le pressais de
mes deux mains dans l'obscurité, et tout le

soir, ami, crois-tu que j'aie réussi à calmer mes
agitations intérieures? Tu as pu causer avec
ma mère. Tu es un homme, toi! Mais moi, je
me taisais et je n'osais te regarder.

« Je ne me suis sentie soulagée que quand
j'ai été dans ma chambre. Oh! du moins, j'ai
pu me livrer sans témoins à l'impétuosité de
mes souvenirs. Quand je te dis que je suis
folle, je ne te trompe pas, Allan! Je me suis
jetée sur mon lit comme je me serais élancée
à ton cou. J'ai trouvé sur mon oreiller la trace
du parfum de mes cheveux. Croirais-tu que
cette faible odeur respirée, cette odeur qui est
la mienne et que j'y retrouve tous les soirs,
m'a jetée dans une langueur inouïe? J'ai été
obligée de m'arracher de ce lit pour ne pas
m'évanouir, et je suis allée me mettre à la
fenêtre. Il faisait froid. Les étoiles dardaient
leurs pointes dans l'air pénétrant. Eh bien, je
n'ai rien senti de cette piquante nuit! et pourtant j'étais tête nue, sans boa et sans châle, et
ma robe était dégrafée. J'ai joui avec délices,
et pour la première fois, de cette nature
d'hiver qui m'a toujours serré le cœur à regarder. J'en ai joui comme d'une soirée de
printemps. O mon ami! quelle puissance as-tu

donc sur Camille, pour ainsi tout changer,
autour de moi et en moi-même?...

« Je suis restée longtemps les yeux fixés sur
la fenêtre de ta chambre, où j'apercevais de
la lumière. J'ai pensé que tu m'écrivais alors,
et cette idée m'a fait interrompre ma rêverie
pour aller t'écrire aussi, — pour aller t'écrire
que je t'aime; car pour ce qui est dans mon
cœur, je ne saurais te le confier, ô mon tendre
ami! Tâche de le deviner, si tu peux... Mais,
hélas! j'étais trop émue. Il m'a été impossible
de t'écrire... Même te dire que je t'aime, je ne
le pouvais pas... O Allan! as-tu été ainsi? As-tu
passé la nuit, comme moi, à moitié mort, parce
que la vie et l'amour débordaient à torrents
de ton cœur?...

« Et ce matin que je suis moins émue et que
j'ai retrouvé la force de t'écrire, te raconterai-je
cette longue, délicieuse et tuante insomnie?
Cette nuit écoulée, le front appuyé sur mon lit,
à répéter ton nom adoré? Oh! tu aurais été là,
Allan, que tu n'aurais pas ajouté un délire de
plus à tous mes délires. Tes lèvres n'auraient
pas couvert mes épaules de baisers plus enivrants que ceux que j'y ai répandus!... Pourquoi une cuisante rougeur me monte-t-elle au

visage, en t'écrivant ce qui n'eût été qu'un enfantillage si mes lèvres n'avaient pas été touchées
par les tiennes, et si cette caresse, de moi à
moi, n'avait pas été tout imprégnée de toi
encore !...

« O Allan ! je t'aimais comme mon frère.
Maintenant, ce n'est plus comme un frère que
je t'aime ! c'est comme celui auquel on donne
son existence, comme celui que j'aurais rêvé si
je ne t'avais pas toujours connu ! Hier, de ta
sœur que j'étais, je suis devenue ta fiancée.
Jamais, je te le jure, Allan, je n'appartiendrai
à un autre que toi ! Seulement, je t'en conjure,
ami, ne me demande pas tout de suite à ma
mère ! Elle sera heureuse de donner sa fille
à celui qui est déjà son fils d'adoption, mais
ne nous hâtons pas d'épuiser la vie dont une
goutte suffit actuellement pour nous rendre
heureux ! Tu ne sais pas ? tes livres m'ont fait
peur, Allan ! Ils montrent tous que le mariage
empêche l'amour de durer. C'est absurde, car,
moi ta femme, je ne t'aimerai que davantage.
— Mais quelle est la pauvre fille bien aimante
qui puisse se défendre de n'être pas toujours
aimée, ô mon Dieu?

« Avec quelle joie je vais te retrouver, ce

matin, ô mon cher Allan! Je compte les
heures qui me séparent de toi. Il y a de longues bandes blanches à l'horizon. Le jour se
fait de plus en plus. C'est à sa lueur que je
t'écris ces dernières lignes. Hier, je te paraissais
souffrante et abattue. Tu m'en exprimais ta
tendre inquiétude. Aujourd'hui, si je suis plus
pâle et plus défaite, mon bien-aimé, ne t'en
inquiète pas! Je dépose dans ton cœur le
secret de ma pâleur et de ma nuit. Tout à
l'heure, je viens de me regarder dans la glace.
Mes yeux sont enflammés et mes joues livides,
mais il me semble qu'on voit à travers mes
traits fatigués que ce n'est pas la souffrance
qui les altère, et toi, Allan, tu ne t'y mépren-
dras pas! »

Allan ne s'étonna point de cette lettre. Il
n'ignorait plus quel foyer de passion renfer-
mait le cœur de Camille. L'épouvante qui
l'avait saisi à la première lettre qu'il en avait
eue ne recommença pas. Les plus lâches finissent par ne plus trembler. A regarder longtemps
le danger qui l'avait effrayée d'abord, l'âme ne
remue plus. Mais ne la croyez pas plus forte;
elle est aussi faible que jamais. Avoir peur,
c'est être actif encore, et le dernier pas dans

la dégradation, c'est la passivité. Cette lettre
de Camille consternait Allan.

Son bonheur, son pur bonheur d'être aimé
d'elle, venait d'expirer dans la première sen-
sualité de la caresse... Ce qui était pour
Camille l'ère d'une vie nouvelle, avait été
pour lui un cruel déboire. Il reconnut qu'il
s'était trompé. Il s'était imaginé qu'il pouvait
vivre auprès d'elle comme auprès d'une sœur;
que son amour serait comme un sanctuaire où
les émotions de la nature passionnée de
Camille viendraient s'épurer. Il demeurerait,
croyait-il, ce qu'il avait été pour elle jusque-là. Pauvre dupe! qui pouvait rire comme
rient les coupables de la comédie qu'ils se
sont jouée et à l'aide de laquelle ils ont endormi
leurs scrupules.

Et, en effet, ce n'était pas même elle, dont
il redoutait les ardeurs, qui l'avait entraîné. Il
n'avait pas cette chétive excuse à se donner. Lui
qui croyait avoir soulevé son âme de la borne
des amours vulgaires : « elle n'est qu'innocente,
cette enfant, — pensait-il, — mais moi, je
suis vraiment coupable; car tout ce qu'elle
ignore, je le sais ! » Et, cependant, ils s'étaient
rencontrés tous les deux à moitié chemin de

la caresse... Il s'était bien méprisé pendant son amour pour Yseult; maintenant, il recommençait cet abominable mépris. Les souffrances que ce mépris de soi lui avait fait endurer étaient peu de chose en comparaison de celles qui l'attendaient désormais. Douleurs cachées; ah! puisse-t-il ne pas les trahir! Mais, lâche de son amour pour elle, il n'osait prendre de ces résolutions décisives qui l'eussent arraché à ce rapace mépris qu'il prévoyait. Il voilait à ses propres yeux les profondeurs de son égoïsme, et il cachait son besoin de voir Camille sous les craintes de son amour pour elle, peut-être en les exagérant : « Si je la quittais, elle se tuerait, » disait-il, et il restait.

Quant à l'avenir, il se hérissait à son approche.

Il se demandait, avec une anxiété qui allait grandir, ce qu'il deviendrait avec cet amour sur lequel il s'était mépris et qu'il avait cru longtemps une tendre amitié fraternelle?... Comment avouer l'amour de Camille à cette mère de Camille qu'il avait aimée, et qui s'était donnée à lui par le fait d'une pitié, le seul sentiment qui fût resté à sa grande âme? La figure d'Yseult se levait maintenant dans sa

pensée à côté de celle de Camille et l'épou-
vantait, et il fallait cacher son épouvante à
Camille, pour ne pas lui déshonorer sa mère.
Effroyable effort vis-à-vis de cette fille ivre
d'amour, mais dont il ne pouvait plus partager
l'ivresse ! Trop de crainte et de honte s'y
mêlaient. Les jours passèrent, creusant cette
nouvelle souffrance, qu'il cacha sous un front
menteur.

Ah! mentir avec la femme qu'on aime, ne
pas pouvoir arracher son âme des triples gonds
de sa poitrine pour la lui étaler sous les yeux,
être seul avec le vautour caché d'une pensée
jusque dans les bras de sa bien-aimée, croyez-
vous que ce soit là une douleur? Elle était si
acharnée et si poignante pour le malheureux
Allan, que l'amour et les caresses de Camille
ne pouvaient qu'un moment l'endormir. Mais
quand son front en reflétait quelque chose,
elle imaginait que ces tristesses venaient de la
disposition noire et défiante dont il lui avait
parlé, et elle s'étonnait que cette disposition
résistât à l'opiniâtreté de ses baisers.

Mais ce n'était là, dans son bonheur à elle,
qu'une nue rapide que le plus léger souffle
emportait. A être triste, elle le trouvait plus

grand et plus beau. Il devenait un type de poésie sombre et mâle, qui plaisait, comme tous les contrastes, à son imagination de jeune fille, et qui excitait ses transports. C'est là un des prestiges de la douleur. Mais Camille ne se doutait pas à quel prix son amant l'achetait. Dieu avait ouvert pour cette enfant le trésor de ses miséricordes. Et n'est-il pas vrai, ô vous qui n'avez pas tant reçu, que, plus tard, elle pouvait être malheureuse sans avoir à l'accuser d'injustice?

Camille ne savait pas, elle-même, quel était le plus doux, de l'avenir qui s'ouvrait à ses espérances ou du moment dont elle jouissait. Non seulement elle éternisait son amour, audace qui semblait lui être permise, car à l'encontre de ce bonheur il ne s'élevait pas une apparence; mais tout ce qu'une femme aimée peut se promettre de félicités, elle les embrassait dans son cœur. Allan l'aimait plus encore, depuis le jour où ils avaient appris qu'ils n'étaient pas seulement frère et sœur. Jamais, quand il était le plus morne et le plus découragé, il ne lui exprimait que de l'amour. On aurait dit qu'il voulait oublier dans les caresses ce qui faisait ombre dans sa pensée. Mais il

ne les implorait jamais davantage qu'à ces instants où elle lui parlait de l'avenir et que, de
sa voix de vierge et d'amante, elle l'entretenait
des images du bonheur domestique, des joies
de la mère venant augmenter celles de l'épouse,
de tout ce qui devance la vie et la surpasse
dans les épanchements de l'amour ; — car qui
sait si tous ces poèmes de bonheur ne sont
pas plus beaux que le bonheur même?... Il
aurait voulu vivre comme de vive force ces
temps heureux qui ne viendraient pas, ou bien
la dédommager des espérances auxquelles elle
se fiait trop et qui allaient bientôt la trahir. Et
Camille lui savait gré de cette foi dans le bonheur qu'elle pouvait lui donner, et, parce
qu'elle en était heureuse, elle l'aimait encore
davantage... Ainsi dominés, entraînés par le
sentiment le plus irrésistible, ils s'abandon-
naient et se laissaient vivre ; elle, parfaitement
heureuse, lui, déchiré, misérable, mais ne pouvant se détacher de cette jeune fille qui lui
avait donné de l'amour, quand il avait tant
souffert de n'en pouvoir inspirer.

X

L e printemps, dont ils désiraient tant la venue, arriva enfin. Ce ciel nuageux et glauque, cette nature nue et attristée, reparurent dans le frais épanouissement de leurs rajeunissements éternels. Déjà les arbres du jardin entr'ouvraient leurs bourgeons, et les feuilles, chaque jour plus dépliées, tendaient leurs voiles de verdure sur les berceaux du *petit bois*. Cette première verdure, puberté virginale du feuillage, est riante et mélancolique tout ensemble comme une espérance et comme

un souvenir. Un or pâle en irise la nuance
verte, et l'on ne saurait dire si c'est un reste
des jaunes rayons de l'automne gardé dans le
mystère de la verdure renaissante, ou les premières traces d'un soleil plus éclatant ou plus
limpide. Pourquoi donc un peu de l'automne
ne se retrouverait-il pas dans ces printaniers
sourires de la nature renouvelée? — Comme
la vague ressemblance d'une mère morte au
front d'un enfant plein de vie, touchante et
frêle empreinte de l'agonie qui précéda sa
naissance.

Les lilas suspendaient et mariaient leurs
grappes d'améthyste au feuillage noir des
cyprès entre lesquels ils étaient plantés, derrière le château. Le ciel se trempa d'une eau
douce; l'air en devint un bain; et les lointains
du marais nagèrent et se fondirent dans un
bleu lumineux qui les inondait. Mille chants
d'oiseaux vibraient confusément dans l'atmos-
phère. Les hirondelles à la gorge nitide et aux
ailes plus foncées que l'azur du ciel, croisaient
leur vol jusqu'aux surfaces ébranlées de ces
mares qui n'étaient plus que des ovales de vif
argent, encadrées par les herbes qui com-
mençaient de reparaître; et la surface unie de

cette eau qui se retirait de partout, ne ressemblait plus qu'à une glace brisée en mille morceaux, épars et étincelants. Les moineaux, tout frissonnants, dans leur plumage gris-fauve, de l'hiver auquel ils avaient échappé, s'abattaient, aux murs des terrasses, sur les bords des vases de granit que le soleil semblait remplir d'un fluide d'or, comme s'ils avaient dû y boire la vie ! Souvent, à l'extrémité du marais, un rayon de soleil, entr'ouvrant la masse des nuages, ruisselait au cintre des lointains comme l'écume radieuse d'un flot perdu, et, se déroulant en vagues de lumière d'un bout à l'autre de l'horizon, faisait saillir dans sa lueur courante les accidents si peu variés du paysage : — quelques saules circulaires au bord des mares, ou quelque rideau diaphane de peupliers, rendu bleuâtre par la distance... Ces premiers beaux jours, Allan et Camille les virent arriver avec une joie qui n'était pas seulement l'enchantement que devait leur causer la nature, transformée par le printemps. Pour eux, il y avait plus que ces impressions printanières. Il y avait enfin de pouvoir sortir de l'étroit espace d'un salon ! Sous les massifs du jardin, dans les mille détours du taillis, ils ne craignaient pas

II.   16

que madame de Scudemor, toujours souffrante,
vînt couper par la moitié une caresse trop
longue. Ils sont si désespérants, les baisers
hachés par la peur d'être surpris! Mais, pour
eux, cette joie n'avait déjà plus la physionomie
de celles qu'ils avaient traversées. Elle manquait des tressaillements de l'espérance comme
dans l'attente d'un bonheur nouveau et inconnu. Hélas! c'est que le printemps venait
trop tard...

Avaient-ils donc tout épuisé? L'accoutu-
mance vient-elle donc si tôt nous désenchanter
de nos rêves, parce qu'ils sont devenus des
réalités? Non! tout n'était pas épuisé; non!
l'enchantement n'avait pas cessé d'être; mais
ils avaient ouvert l'écorce du dernier mystère
et ils s'acclimataient dans l'émotion, c'est-à-
dire qu'ils la sentaient moins. Ils s'aimaient
peut-être davantage, mais la passion qu'ils
avaient l'un pour l'autre ne les enivrait plus;
elle les dévorait. D'impétueuse, elle s'était faite
âcre, parce qu'elle n'avait plus rien à apprendre. Mais si les désirs avaient perdu leurs
illusions, ils redoublaient d'intensité; seulement, cette intensité était continue, de sorte
qu'elle tranchait moins dans leur vie. Ils ne

disaient plus : « Cela est délicieux! » mais :
« Cela est nécessaire. » Ils étaient graves,
presque pensifs. Camille ne s'étonnant plus
de rien, mais voulant du bonheur encore, par
une inconséquence furieuse de passion irritée ;
car elle savait qu'elle était descendue dans ce
gouffre de la vie aussi loin qu'elle pouvait
descendre... et Allan non moins tenace et
non moins altéré du breuvage qui aurait toujours le même goût et produirait toujours la
même soif! Ainsi, l'amour était pour eux sans
contemplations et sans sourires. Époque de la
passion où elle contracte quelque chose de
fauve, où elle se mord le sein comme une
tigresse, où elle brûle jusqu'à son bonheur...
On se parle moins, — on se sait; on s'em-
brasse longuement, en silence; on se détourne
sans se demander ce qu'on a. Et les deux
bouches, toujours silencieuses, reviennent
pourtant l'une à l'autre éternellement s'essuyer.

Quand la passion est arrivée à cet instant
de sa durée, elle n'est plus qu'un centre dont
la circonférence se rétrécit chaque jour davantage. Elle ne jette plus de charme sur la vie
extérieure. Elle l'absorbe sans la sentir. C'est

une possession brûlante, jalouse et revêche. Il
n'y a pas d'orages encore, mais le ciel est
d'une aspérité de feu qui fend la terre. Les
rosées du cœur, les pleurs des premiers attendrissements sont taris; et quand, plus tard, de
nouvelles larmes viendront détremper les aridités de nous-mêmes, elles ressembleront à
ces larges gouttes qui, dans les pluies de l'été,
exhalent en tombant comme une odeur de
poussière.

Aussi, le printemps qui n'était déjà plus
dans leurs âmes vint-il inutilement étaler ses
mille beautés autour d'eux. Ce qui fait monter
la vie dans les arbres ne la fit pas monter dans
leurs cœurs. O passions! passions! vous vous
développez toutes de même! D'abord, c'est
un bonheur à en mourir et qui fait vivre. Et
puis après, ce n'en est plus, et ce n'est pas
de la douleur encore... Espace sans nom entre
les espérances et les regrets, entre le bonheur
et le néant, étrange vide que l'on traverse
en s'aimant mais dont on étouffe! moment
accablant, où l'on a la certitude d'être aimé et
de ne pouvoir être heureux, sans que le pourquoi de ce fait incompréhensible surgisse
jamais dans nos esprits confondus!

On n'aurait pas reconnu en Camille cette
Bacchante du bonheur de l'amour qui se pré-
cipitait à grands cris à toutes les ivresses. Elle
était presque aussi triste qu'Allan. Son visage
avait perdu son éclat. Des rougeurs âcres ou
de profondes pâleurs l'envahissaient à chaque
minute, orageuse image des transes de son
cœur! En vain la nature était réjouie et bienfai-
sante; en vain, jusqu'aux genoux dans les roses
et la tête dans une lumière parfumée, vaguaient-
ils aux promenades oublieuses, le bonheur dont
jouissaient tous les êtres créés expirait à leurs
pieds, sans les toucher. Et ils s'aimaient! Leurs
frêles poitrines renfermaient plus d'amour qu'il
n'en était épars sur le sol en chaque grain de
poussière auquel Dieu envoyait la vie dans les
rayons de son soleil! Mais ce qui faisait pal-
piter l'atome n'enivrait pas la créature. Misérables créatures, qui, à se serrer l'une contre
l'autre, ne font sortir qu'une voix qui crie l'impossibilité d'être heureux! En vain s'étrei-
gnaient-ils de manière à ce que la trace de la
poitrine de l'amant restât dans le sein de
l'amante, ils savaient qu'ils ne trouveraient pas
plus d'apaisements que d'ivresses dans ces
étreintes inutiles et fatales. Caresses aussi véhé-

mentes que jamais, mais qui auraient fait mal
à voir; car elles étaient irritantes et tristes
comme eux.

A cette peine inhérente à la passion même,
s'en joignait, pour Allan, une foule d'autres
sans poésie et sans dignité. Il rougissait jusqu'au fond de l'âme à chaque pensée sur la
position où il se trouvait devant Camille. Elle
l'écrasait avec de certains mots. Maintenant,
elle voulait de l'irrévocable entre eux, comme
si elle eût eu l'instinct que la passion doit être
retenue ou qu'elle pourrait bien échapper. Elle
le priait d'avouer leur mutuel amour à madame
de Scudemor et de lui demander à ratifier l'enga-
gement qu'ils avaient pris, en se donnant l'un
à l'autre, de s'appartenir. A ces instances, Allan
— qui ne le comprendra? — hésitait, balbu-
tiait. L'incohérence de ses réponses eût trahi
les embarras et les tourments de sa pensée à
toute autre que cette jeune fille, qui lui supposait, comme à elle, la pudeur de sa passion
et la répugnance à demander à un tiers, comme
une grâce, les droits qu'ils avaient échangés.
Cet homme qui n'avait de fort que l'esprit,
c'était l'esprit même qui le faisait souffrir. S'il
en avait eu moins, il n'aurait pas compris si

bien ce que sa position avait d'indécis et de traî-
tre vis-à-vis de Camille et de sa mère... Le fait
est qu'il les trompait indignement toutes les
deux. La passion avait tous les torts, sans
doute, — mais des idées vraies, justes, nobles, se
superposaient toujours à cette passion qui l'entraînait, pour lui montrer qu'il aurait dû
plus courageusement résister. Quand ce cour-
sier indompté qui passe sur le ventre à toutes
choses, cette grande aberration de la volonté
de l'homme : LA PASSION, n'a pas trouvé de
borne et d'arrêt dans les résistances de l'esprit, l'esprit foulé aux pieds se relève, ravive
la flamme fumante de sa torche et la secoue
impitoyablement dans la conscience... jusqu'à
ce qu'elle devienne le brasier où tout ce qu'il
y a de moral et de beau dans l'homme doit
périr !

Et cela était rigoureusement vrai pour Allan.
Une idée qui lui vint à cette époque, et dont
il eut beaucoup de peine à se débarrasser,
montre à quel point l'égoïsme de la passion
l'avait concentré en lui-même. Il se surprit à
désirer monstrueusement la mort de la mère
de Camille. La souffrance que toute sa personne accusait, le changement de ses traits,

tout alimentait ce désir vague d'abord, bientôt
précis, — en lui rappelant que cette femme
morte, sa position à lui serait simplifiée,
qu'une pierre de tombe interposée, le passé
n'échapperait pas de dessous. Désir inextin-
guible et affreux, et toujours suivi d'un remords d'autant plus déchirant que l'incorrup-
tible vue de l'esprit ne lui manquait pas!
Mais ce désir et ce remords attachés de front
dans son âme comme une double torture, se
combattaient et se résistaient tous les deux.

Camille ignorait ces douleurs. Elle ne souffrait que des impuissances de la passion, qui
donne toujours moins qu'elle n'avait promis.
Pour un esprit de la nature du sien, humain,
fini, et d'une forte attache à la réalité, cette
passion devenue adurante et sèche la jetait
parfois dans une espèce de démence sombre.
Souvent elle disait à Allan des choses étranges...
Elle lui demandait pourquoi il n'était pas son
frère tout à fait. Elle s'appelait, dans certains
moments, son incestueuse sœur. Il semblait
qu'avec ce mot, sous lequel les législations ont
mis un crime, elle aiguillonnât ses transports.
Quand la passion n'a plus rien qui l'exalte,
elle rêve du crime. Peut-être, dans ce monde

déchu, y a-t-il dans la pensée du crime une
parenté insaisissable avec la pensée du bonheur ?

Un des résultats de cette situation dans la
durée d'un sentiment, c'est de rendre exigeant,
méfiant et amer. Ces exigences ne s'articulent
pas, il est vrai ; ces méfiances vont plus à la
destinée qu'à la personne ; ces amertumes ne
quittent pas le cœur pour monter plus haut...
mais elles existent. Ulcération solitaire de
l'égoïsme, qui finit par envahir ce que l'on
croyait avoir de puissance de dévouement.
Qu'alors la plus légère des circonstances vienne
effleurer une de ces méfiances silencieuses,
l'âme vit dans une disposition tellement souf-
freteuse et tellement chagrine, qu'elle en est
immédiatement bouleversée. Ce qu'on ne
s'avouait pas, on se le dit. L'existence actuelle
se modifie. Une ou deux feuilles de plus tombent de l'arbre déjà dépouillé... On s'aime
encore ; on s'aime toujours ; mais ou une
jalousie, ou un reproche, ou une inquiétude,
sillonnent, comme des coups de hache, cette
vivante affection qui trouve toujours moyen de
rejoindre ses tronçons saignants. On a com-
paré la passion à cette pyramide des Contes

II.   17

Arabes, dont les degrés croulaient à mesure
qu'ils étaient montés. Hélas! c'est plutôt à
mesure qu'on les descend, qu'ils croulent, et
ce n'est pas redescendre, mais remonter, qui
est impossible.

Cette circonstance qui altère le langage en
altérant un peu plus l'âme, ne se fait jamais
longtemps attendre. Tout pousse la créature
humaine à se précipiter vers les faits. Il y a en
elle une impétueuse causalité de douleurs, de
torts et de fautes. Cette circonstance arriva
bientôt pour Allan et Camille. Ce ne fut qu'un
mot, mais un mot suffit, quand l'âme, saturée
des irritations de la passion, n'a plus honte de
son égoïsme et abjure ses généreuses délica-
tesses. Ne dit-on pas qu'un doigt timidement
posé fait tomber en poussière les êtres frappés
de la foudre?...

Ils avaient passé la journée dans le jardin,
et comme il est des instants où je ne sais
quelle brise intérieure rafraîchit l'âme embrâ-
sée, ils étaient moins sombres et plus soulagés
du poids de la passion et de la vie. Madame
de Scudemor était venue les rejoindre dans la
relevée. Fatiguée d'une promenade qui se prolongeait trop pour elle, elle avait regagné le

château bien avant que ce tiède soleil d'avril
se fût refroidi en s'abaissant à l'horizon. Elle
avait montré dans cette promenade un attrait
d'amabilité calme qui avait agi sur les deux
jeunes gens, occupés si exclusivement d'eux-
mêmes. Comme la vue d'une nature tranquille
apaise parfois les turbulences de notre âme,
le calme doux de madame de Scudemor avait-
il envoyé quelque apaisante contagion à leurs
orageuses pensées? Qui sait? Mais quand elle
fut partie, ils parlèrent d'elle longtemps. Allan
surtout, Allan, qui se sentait des torts vis-à-vis
de cette femme abandonnée. Nous croyons
souvent réparer des torts en rendant justice,
dans l'absence, à ceux qui auraient à se
plaindre de nous! Comme Allan ne pouvait
révéler ce qu'il savait d'Yseult, de cette grande
et infortunée créature, il n'insistait que sur ce
qu'il y avait d'extérieur en elle. Il le faisait
avec ses souvenirs d'amant et cette mélancolie
d'imagination qu'il avait au suprême degré, et
que la beauté perdue, l'âge d'Yseult, sa souffrance, redoublaient encore. Cependant, ils
étaient assis sur le banc du *petit bois* où Allan
avait reçu ces terribles confidences d'Yseult,
dont il avait failli mourir. Camille, qui s'était

mise sur les genoux d'Allan, l'écoutait avec
rêverie, tête baissée, et la main jouant, distraite, avec son poinçon d'acier, dans la poche
de son tablier de taffetas. Tout à coup, la
pensée d'avoir aimé Yseult, cette dérision d'un
éloge dans sa bouche ingrate, son désir atroce
et furtif de la voir bientôt mourir, revinrent à
l'esprit d'Allan et l'interrompirent. De peur
que Camille n'induisît rien de son silence, il
cacha sa confusion dans une caresse. Mais,
pour la première fois, Camille reçut la caresse
d'un air impassible. Cette froideur inaccou-
tumée, ces yeux à qui le soupçon faisait
perdre de leur humidité habituelle, lui donnaient, en ce moment, beaucoup de la physionomie de sa mère. La ressemblance du regard
était frappante. Allan le lui dit en l'embrassant
passionnément sur les yeux.

— « Tu trouves ? » — répondit-elle, et, avec la
rapidité de la pensée, le poinçon d'acier dont
elle jouait, elle alla pour l'enfoncer dans ses
yeux. Horreur !... Allan vit le mouvement et la
désarma, mais la pointe avait pénétré dans
l'angle d'un des yeux qu'il venait de baiser, et
le sang coulait.

— « Es-tu folle ? — lui demanda-t-il avec effroi.

— Oui! — dit-elle, — car je suis jalouse.
J'ai cru autrefois que tu avais aimé ma mère,
et ta caresse de tout à l'heure, Allan, m'a
semblé pleine de son souvenir! Oh! si tu
allais m'aimer parce que je te la rappelle... Si
j'allais poser pour ma mère! »

Et elle était effrayante. Sa jalouse pensée,
qui avait reposé si longtemps dans son sein
d'enfant, et que l'amour et le bonheur d'être
aimée avaient étouffée sans qu'elle en sortît, sa
jalouse pensée se montrait sur ses traits
expressifs avec une énergie sauvage. Allan eut
recours à l'imposture pour la calmer. Ah!
mentir encore. Toujours mentir! Il en était
bien las... Mais il la trompa une fois de plus,
cédant à l'instinct de la frayeur ou du devoir,
— hélas! du devoir comme les passions l'ont
fait. Il lui prodigua toutes les tendresses, et
elle s'abusa dans ses bras avec délices. Elle se
rasséréna à cette voix chère, et cette fin du
jour, de menaçante qu'elle était, devint plus
douce que les autres soirées n'avaient été
depuis longtemps. Comme elle était entièrement rassurée, elle eut la coquetterie de la
jalousie. Elle fit la belle avec son œil blessé.
La déchirure avait offensé la paupière, mais

elle ne voulut point que le mouchoir d'Allan
cachât la blessure dont elle était vaine. Elle ne
permit à son amant d'essuyer la trace sanglante
qu'avec ses lèvres. Il la pansa avec des baisers.
Mais, à travers ceux qu'elle lui rendait, elle ne
s'apercevait pas du mal qu'elle causait à Allan.
Elle lui racontait son passé : — « Oh ! vois-tu,
mon Allan, — lui disait-elle, — j'étais jalouse
avant de savoir ce que c'est que la jalousie,
avant de savoir que je t'aimais ! Te rappelles-
tu un soir où ma mère te dit : « *Attendez-moi
dans le petit bois* » ? Je l'entendis, et un mouvement inconnu s'empara de moi. La pensée
qu'elle pouvait t'aimer, la pensée que tu l'aimais, toi ! ne me vint pas. Oh ! non, j'étais
trop innocente ! Mais je souffrais d'une douleur que je n'aurais pas pu nommer. Longtemps, ma vie en a été bouleversée. Pardonne,
pardonne-moi, Allan ! je ne te l'ai jamais dit.
J'ai été fausse avec toi, que j'aimais comme un
frère ! Je haïssais ma mère, parce que tu n'aimais plus ta sœur, parce que tu étais devenu
brusque et froid, toi si affectueux et si bon !
Pourquoi cela ? Je ne le savais pas. J'aurais
tout donné et tout fait pour le deviner ! Sais-tu
que j'ai passé des nuits sans dormir, alors ?

Sais-tu que je vous ai bien espionnés, tous les deux?... J'écoutais aux portes quand vous étiez seuls, ma mère et toi. En vain je me disais que c'était mal, une puissance plus forte que la honte et que la fierté m'y a retenue. Mais je n'ai jamais rien entendu qui m'apprît que c'était de la jalousie, ce qui me bouillonnait ainsi dans le sein! Je l'ai su depuis. Oh! dis-moi, répète-moi, Allan, que tu ne l'as jamais aimée!... » — Et il le lui assurait, et il le lui jurait, et il n'osait regarder cette jeune fille, maladroit tout en la trompant, car elle semblait jalouse encore, tout en assurant qu'elle ne l'était plus!

Quand ils se séparèrent, Allan respira de l'étouffement du cœur. Lorsque l'on quitte la femme aimée avec une joie secrète, où en est l'amour qu'on lui porta? N'est-ce pas une affreuse découverte que de se sentir soulagé par l'absence, que d'être mieux seul qu'avec *elle?* Camille venait de projeter sur l'avenir et sur le passé un jour formidable, mais non imprévu.

Allan se trouvait placé entre sa conscience et Camille, nouvelle conscience, aussi implacable que la première. Jusqu'ici, l'amour de Camille

lui avait été un refuge contre lui-même. Maintenant, où serait le refuge, puisqu'elle aussi se
retournait contre lui ?...

On a dit, et avec raison, que tout sentiment
profond était exclusif et par conséquent jaloux,
et cependant les femmes qui veulent le plus
être aimées se pâment d'effroi quand on leur
montre qu'elles ne le seront jamais qu'en
appelant sur elles les plus inquiètes jalousies.
Pourquoi donc le désir de l'amour et la peur
de l'amour, dans ces êtres, à ce qu'il semble
contradictoires, et qui nous échappent par la
mobilité beaucoup plus que par la profondeur?... C'est que les femmes, quoi qu'elles
puissent dire dans les méprises de leurs tendres âmes ou affirmer dans l'hypocrisie de
leurs vanités, ont beaucoup plus soif de
bonheur que d'amour. Aimer, pour elles, n'est
que le moyen; c'est être heureuses qui est le
but. Ainsi, quand elles s'effrayent de ces
jalousies qui sont l'amour même, leur instinct
n'est pas en défaut. Elles sentent que l'amour
dans toute sa plénitude se change trop facilement en angoisse, et c'est du bonheur qu'elles
avaient rêvé.

Les hommes, dont la sensibilité est moins

grande et les besoins de bonheur moins impé-
rieux, comprennent comme les femmes que la
jalousie, pierre d'achoppement du bonheur
dans l'intimité, est la borne de l'amour, — la
borne, après le dernier pas. Des imaginations
éprises de la force peuvent l'exalter comme
l'expression d'un grand sentiment, mais il n'en
est pas moins certain que cette jalousie détruit
l'amour, et, chose triste à penser! peut-être
parce qu'elle gâte et perd le bonheur dont
tout être humain est avide. On peut avoir
l'intrépide fatuité qui fait désirer la possibilité
d'un coup de poignard, mais croyez que
l'amour finit toujours par mourir, dans ces
jalousies. La première scène, la première
défiance, le premier reproche, sont presque
toujours des maux incurables, creusante brû-
lure qui n'offense que l'épiderme, mais qui, à
vieillir, s'enfonce dans les chairs.

L'amour de Camille pour Allan venait donc
de dire son dernier mot en bonheur, dans cet
aveu jaloux et colère. Quoiqu'elle se fût réa-
paisée dans la confiance et les illusions d'un
sentiment éloquent encore, parce qu'il était
vrai, néanmoins cette jalousie n'était qu'endormie. Soit pour Camille, soit pour lui-même,

Allan devait prendre garde de la réveiller. Ainsi, l'abandon entre eux n'était plus possible, et, s'il y avait eu confiance jusque-là, de ce jour la confiance aurait cessé d'exister. Mais il n'y avait pas eu confiance. Ils s'étaient aimés sans s'initier à toutes les pensées l'un de l'autre. Amour singulier, empoisonné dans sa source; car la confiance ôtée, la passion dure, mais que reste-t-il à l'amour?

Allan n'aurait pas aimé madame de Scudemor, que la jalousie dont il était l'objet n'eût pas moins rongé l'amour qu'il avait pour Camille, — vase de vinaigre où se dissolvent les perles de Cléopâtre, toutes les richesses du cœur dépensées plus lentement et plus misérablement perdues que dans la somptuosité d'un seul soir! Cette jalousie emporte peu à peu les charmes de l'intimité. Aujourd'hui, c'est l'un qui s'en va. Demain, ce sera l'autre. Tout isole, au lieu de rapprocher. Ce n'est pas l'oreiller d'Othello qui étouffe. C'est un supplice qui lui ressemble, mais moins prompt. Il échappe un cri que l'on retient souvent à moitié. Les raccommodements s'usent à se répéter, et à cette compression impuissante, ce n'est pas Desdemona qui finit par mourir, c'est l'amour. Allan n'avait pas prévu cette issue à son sentiment, mais il entrevit confusément qu'un changement nouveau allait suivre les changements que son amour avait déjà subis. A dissimuler pour tenir endormis les soupçons, il le brisait, cet amour, par la fatigue, — et lorsque, voulant se détendre de ses mille efforts, il se mettait à fuir Camille quoiqu'il l'aimât, il s'apercevait bientôt que cette conduite devait exalter cette jalousie davantage, et il retournait auprès d'elle, incertain de lui-même, et commençant à maudire les passions et leurs conséquences parce que les enivrements n'en sont pas éternels. Les baisers mêmes avaient perdu leur vertu d'oubliance. Ils ne l'empêchaient plus de penser. Il avait retrouvé cette réflexion que l'inquiétude enfante, et qui fait diminuer l'amour de tout ce dont il n'augmente pas... Quand encore il se plongeait aux caresses, trop préoccupé pour qu'elles le troublassent et trop malheureux pour en jouir, il les prodiguait par calcul. Même pendant qu'elles duraient, l'inquiétude ne lâchait pas sa proie. Inquiétude acharnée, qui ne posait plus sur un terme ignoré de l'avenir, mais sur tous les points de la durée. En effet, chaque

heure qui n'amenait pas l'explosion du dénoue-
ment à cette vie à trois qu'ils menaient au
château des Saules, n'était qu'un répit du
hasard sur lequel il était insensé de compter
pour l'heure qui suivrait celle-là.

XI

'ÉTAT de madame de Scudemor
devenait de jour en jour plus in-
quiétant. Il semblait qu'un mal
inconnu la rongeât, que la vie
se retirât d'elle. Déjà le torrent montrait le
fond du ravin. Combien de temps faudrait-il
pour qu'il fût séché tout à fait?... Quand on
regardait ce visage livide, où les yeux, dans les
mille rayons qui s'y éteignaient, n'avaient plus
conservé au centre de leur noirceur mate
qu'une morbide étincelle, il était aisé d'apercevoir une autre empreinte que celle de la

vieillesse, une main non moins inexorable, un travail plus rapide que celui du temps. La mort qui l'avait envahie, affection par affection, et de si bonne heure, — qui l'avait laissée debout et vivante au physique après l'avoir frappée au moral, — la mort revenait-elle mettre le corps au niveau de l'âme? Chose grande à voir! Mais qui la voyait, au château des Saules? Elle ne se plaignait pas. Elle n'avait pas même une lassitude dans les plis qui lui labouraient le front. Et, d'ailleurs, Camille et Allan pouvaient-ils regarder autre chose que dans eux-mêmes? N'avaient-ils pas de ces préoccupations d'autant plus exclusives qu'elles sont plus douloureuses? Quand la vie intime est douce et bonne, déjà elle concentre; mais quand elle est faussée, gâtée, perdue, on a assez d'en vivre. Chaque misérable détail, chaque pauvre douleur, sont devenus si grands qu'on ne voit plus rien au delà... L'homme est-il rapetissé pour tenir dans si peu de chose, ou la goutte d'eau, en fait de souffrance, a-t-elle l'infini de l'Océan?...

Mais si Allan et Camille, dans leur préoccupation d'eux-mêmes, ne remarquaient pas l'affaiblissement de madame de Scudemor, celle-

ci n'avait pas les mêmes raisons qu'eux pour
ne pas voir les tristesses de sa fille mieux
qu'elle n'avait vu son bonheur. Malheureuse
femme! que la douleur devait instruire, parce
qu'elle était accoutumée à toujours trouver la
passion et la douleur ensemble. Malheureuse
femme! qui avait été déroutée, malgré sa grande
intelligence, par l'aspect d'un bonheur qu'elle
ne connaissait pas.

Camille, en effet, était triste. Elle n'avait plus
le sérieux sous lequel elle avait voilé autrefois
ses premières souffrances; il n'y avait pas à
s'y méprendre, c'était bien là de la tristesse.
La douleur atteignait Camille. Sa santé même
était altérée, réaction de l'âme sur le corps.
Les confiances éphémères s'envolaient, et, sans
défaillir jamais, une défiance farouche les
remplaçait. Comme Allan se montrait inégal
avec elle, — rien n'agissant plus à bâtons
rompus que la passion, — comme, après l'avoir
quittée pendant des heures, il revenait précipitamment à ses côtés et qu'il y restait muet et
sombre, elle avait beaucoup pleuré de ces iné-
galités; — puis ses jalousies la reprenaient...
Chaque jour, c'était un soupçon ou une scène
nouvelle. Elle aimait trop maintenant pour

être fière. Elle se sentait capable de toutes les
bassesses, et elle aimait jusqu'à la bassesse.
Elle aimait Allan avec l'abandon de tout autre
sentiment qui n'eût pas été son amour. Aussi
le poursuivait-elle de ses douleurs. Elle l'en
fatiguait comme d'une éternelle et invariable
répétition, qu'elle reprenait toujours quand elle
avait été interrompue. Allan commença par
sécher ses larmes en les buvant, mais la source
n'en tarissait pas et il finit par les trouver bien
amères. Il les rejeta quelquefois de ses lèvres
en paroles pleines d'aigreur et d'injustice,
poison versé dans la plaie ouverte. Mauvais
moyen de guérir cette âme toujours à vif! Or,
il y a des paroles qui sont des faits irrévocables.
Ni pardon, ni rédemption pour elles. Pas plus
après les avoir dites qu'après les avoir enten-
dues, il n'est possible de les oublier... On met un
raccommodement par-dessus, on retrouve les
sourires dans les baisers et les transports dans
les caresses, que, cœur contre cœur, les paroles
terribles prononcées dans un moment d'hu-
meur sonnent au fond de la poitrine. Souvent,
en croyant les entendre dans le sommeil, on
s'est dressé en sursaut sur sa couche et on a
vu l'autre qui ne dormait pas non plus, mais

qui pensait à ce qui vient de vous réveiller...
« M'aimes-tu?... » on s'aime assez pour se le
demander et se le répéter encore, mais ce mot
a perdu de sa signification enivrante du jour
où il ne fut plus inutile.

Ainsi, après avoir souffert dans la solitude de
leurs âmes du sentiment qu'ils avaient l'un
pour l'autre, Allan et Camille se rendaient
malheureux par ce sentiment même; égoïstes
pour qui l'intimité était la pierre sur laquelle
ils aiguisaient les armes dont ils allaient bientôt
se frapper.

Camille irritait d'autant plus Allan, que
chaque mot qu'il lui disait pour apaiser ses
défiances et ses jalousies le rendait plus coupable et plus vil à ses propres yeux. Il savait
ce que c'est que d'être jaloux du passé. Il
l'avait éprouvé. Mais pas assez de temps pour
avoir pitié de cette souffrance dans une autre,
surtout quand ce sentiment ne se rongeait pas
en silence, mais exigeait, avec le despotisme de
l'amour qui se croit offensé. Pour cet homme
poétique, s'il en fut jamais, la jalousie n'a-
vait plus de pittoresques colères. Les larmes
que Camille répandait n'étaient plus que des
pleurs absurdes, comme si tous les pleurs ne

l'étaient pas! Il ne prenait pas même l'intérêt
d'une pitié animée et haletante au spectacle de
cette magnifique jeunesse qui se flétrissait dans
les larmes. Cette imagination de poète qui
avait fait la conquête du monde, Romaine im-
pitoyable et blasée, ne s'émeuvait guères à ces
douleurs. Un pareil amour se ravalait aux tra-
casseries. Il la faisait mourir et elle ne l'inté-
ressait pas!

Cependant, il l'aimait. Je vous jure qu'il l'aimait encore! Il se serait volontiers dévoué pour
elle. Il lui aurait sacrifié tout ce qu'il aurait eu
de plus cher, si ce n'avait pas été elle-même.
Mais il l'aimait comme nous aimons tous, avec
les conditions de son organisation et de sa
pensée. Il ne pouvait pas, tout en l'aimant, ne
pas la juger, et comme, pour les hommes sem-
blables à Allan, qui matent la réalité avec les
conceptions de leur esprit, toutes les femmes
pâlissent dans des comparaisons solitaires que
font incessamment ces trop ambitieuses intel-
ligences, il la trouvait inférieure à ce qu'il avait
imaginé. On fut jeune, on fut ivre, mais, tôt ou
tard, les habitudes de l'esprit reprennent leur
empire. Il est même douteux qu'elles le perdent entièrement. D'un autre côté, peut-être

n'y a-t-il que deux êtres vulgaires qui puissent s'aimer longtemps? Peut-être la supériorité, de quelque genre qu'elle puisse être, est-elle un hermaphrodisme, impuissant à donner comme à recevoir de l'amour. Les aigles s'accouplent, et voilà pourquoi on n'aurait pas dû, peut-être, les prendre pour le symbole du génie.

Certainement, Camille était en droit de se plaindre d'Allan. Elle, qui, dans les premiers temps de la découverte de leur amour, lui avait dit : « Attendons ! Vivons comme nous vivons maintenant ! Nous sommes toujours sûrs de notre mariage. Nous sommes si heureux dans le mystère de notre amour ! » elle était pressée et ne se trouvait plus heureuse du mystère. Elle voulait de la clarté sur son bonheur. Elle voulait le lien du mariage, qui lui paraissait infrangible, et elle pressait Allan de la demander à sa mère. Allan, qui avait aimé madame de Scudemor et avait l'écrasant embarras de son passé avec cette femme dont il aimait à présent la fille, répondait aux instances plus vives et plus multipliées de Camille par des faux-fuyants d'une mollesse que Camille ne comprenait pas. On se serait inquiété à moins. Pour se soustraire à ces persécutions de prières,

Allan ne savait quel moyen prendre. Il n'avait
plus que la ressource des âmes faibles, qui re-
culent toujours devant le péril, quoique le péril
soit inévitable. Il remettait tout au lendemain...
Cette mollesse semblait donner raison aux
soupçons de Camille contre les dénégations les
plus opiniâtres... Et la position d'Allan était si
cruelle pour lui, quand il était seul avec cette
exigeante jeune fille qui avait bien le droit
d'exiger, qu'il souhaitait que madame de Scudemor vînt se mettre entre eux pour lui épargner ce supplice!

Mais les événements ne le favorisaient pas.
Madame de Scudemor ne sortait plus guères de
son appartement que vers midi. Comme elle
refusait toujours les soins de sa fille, la moitié
de la journée s'écoulait, pour Camille, dans le
jardin ou dans le salon, seule ou en tête-à-tête
avec Allan. Les domestiques du château ne
s'étonnaient point de l'intimité de ces deux
jeunes gens qui avaient toujours vécu ensemble,
et entre qui rien ne rappelait qu'ils ne fussent
le frère et la sœur.

Un matin, comme Allan descendait au salon,
espérant qu'à cette heure Camille ne serait pas
levée et qu'il pourrait sortir seul pour aller

courir dans la campagne, il la trouva assise
dans l'embrasure de la fenêtre où elle avait
l'habitude de travailler. Un souffle matinal,
plein de roses lueurs, entrait par cette fenêtre
ouverte et faisait comme une auréole à ce visage défait, qui avait alors la nuance de la tenture feuille-morte du salon. Elle révélait, à cette
riante lumière du matin, les désordres d'une
nuit agitée. Ses yeux éteints étaient enflés par
l'insomnie. Allan tressaillit en l'apercevant.

— « Tu ne me croyais pas ici, Allan ? » — lui
dit-elle sans se lever, pendant qu'il s'approchait
d'elle et lui déposait au front un baiser.

— « Est-ce le baiser du bonjour, ou de
l'adieu ? — continua-t-elle avec amertume. —
Allons ! donne-le-moi bien vite, et puis va-t'en.
N'est-ce pas là ce que tu veux ?...

— Que tu es amère, Camille ! — répondit
tristement Allan. — Crois-tu donc que je veuille
te fuir ?

— Non ! je ne le crois pas. — Et son sourire
était encore plus amer que ses paroles. — J'en
suis sûre plutôt. Je te gêne, je te fatigue, je
t'ennuie, tu es las de moi. Ose me le nier !
Va ! tu ne le saurais pas toi-même, tu te ferais
illusion encore, que je ne douterais pas du

malheur de ma vie. Je ne te reproche rien ; ce
n'est pas ta faute ; mais tu ne m'aimes plus !

— Je ne t'aime plus, Camille ! — reprit
Allan, en s'asseyant à côté d'elle. — Dis-moi,
ces défiances insensées troubleront-elles toujours ta raison ?... Ne seras-tu jamais lasse
d'être injuste ? Je ne te parle pas de ma vie
que tu déchires et de mon amour que tu offen-
ses, mais n'auras-tu jamais pitié de toi-même ?
Te verrai-je toujours te faire des maux cruels
et irréparables ?... Je ne t'aime plus ! Comment donc veux-tu être aimée ? Tu n'es donc
plus ma Camille, ma sœur, ma fiancée, ma
femme ? Ah ! regarde-moi donc, cruelle fille,
et répète-moi que tu es sûre que je ne t'aime
plus ! »

Elle le regarda comme il le voulait. Il y avait
tant d'amour dans ses yeux, il s'était trouvé si
attendri en la voyant pâle et si horriblement
bouleversée des larmes essuyées ou contenues,
qu'à le regarder, Camille oublia ces sarcasmes
du cœur, morsures innocentes de la victime au
talon invulnérable qui la broie.

— « Oh ! si tu m'aimes, pourquoi me rends-tu
malheureuse ? » — reprit-elle, avec un reproche
plus doux. Mot trivial, mot qu'elles ont dit

toutes! Cri universel qu'elles ont toutes poussé,
ces égoïstes de bonheur qu'on appelle les
femmes! Gémissement de la passion qui sai-
gne! Hélas! Allan ne pouvait-il lui adresser la
même question?...

— « Ma Camille, — répondit Allan, — ce
n'est pas moi qui te rends malheureuse, c'est
toi-même! — Il n'osait pas appuyer, car un tel
mensonge l'effrayait. — Tu connais mon caractère sombre. Tu sais que mon imagination a
toujours attristé l'avenir et me fait douter du
présent. Pourquoi donc me reproches-tu de te
fuir quand j'essaye de te cacher mes tristesses,
à toi, jeune et belle créature qui est devenue
défiante et malade à m'aimer, comme si je t'a-
vais apporté dans mes baisers la contagion de
cette maladie que j'ai toujours sentie en moi?
Autrefois, tu ne tournais pas contre moi les
efforts que je faisais pour te préserver de ce
souffle mauvais et putride. Tu me disais, Camille : « Ce sera moi qui te guérirai de ces défiances! » Tu m'avais accepté comme j'étais, et
tu voyais de l'amour encore dans ce que tu
prends pour de l'indifférence aujourd'hui... Je
me suis trompé. Je t'ai entraînée dans ma destinée. Je t'ai rendue toute semblable à moi.

J'ai terni ton bonheur et flétri toutes tes facultés d'être heureuse. J'aurais dû te fuir et aller
mourir de mon amour loin de toi! Mais c'est
toi encore qui m'as retenu; toi qui m'as dit :
« Reste, mon frère, et je t'aimerai! » Et je suis
resté, n'écoutant plus, n'entendant plus que
cette enivrante promesse. Mais j'étouffais tout
dans l'amour que tu m'avais promis. Pourquoi
donc, maintenant, es-tu moins généreuse, ma
Camille?... Pourquoi accuses-tu mon amour
parce que je ne suis coupable que de trop
d'amour?... »

Elle l'écoutait, tout en pleurs, mais tout en
sourires. Il l'avait prise à la taille d'une main,
et de l'autre il l'avait saisie aux épaules :

— « Oh! promets-moi, — lui disait-il avec effu-
sion, — promets-moi que tu n'auras plus de ces
absurdes injustices qui nous font souffrir tous
les deux. Promets-moi que tu ne flétriras plus
ton visage chéri dans tes larmes! Promets-moi
que tu ne douteras plus de celui qui t'adore!
Jure-le-moi par notre amour!

— Je te jurerai tout ce que tu voudras! —
répondait-elle. — Je te croirai, toi, mon Allan,
et je ne me croirai, moi, jamais plus! Mais
promets-moi à ton tour de ne plus mentir dé-

sormais, de ne plus avoir l'air de la contrainte avec ta bien-aimée! Eh bien, si tu es triste, sombre, affligé, que sais-je? bizarre et injuste même, ô mon ami! je t'en conjure, ne cherche pas à me le cacher. Je ne puis vivre sans toi toujours là, toujours! et quand, même là, tu te tais, Allan, quand tu ne me regardes plus, il me semble que tu n'y es pas!

— Oui! ma Camille, — répondit-il, — oui! tu seras obéie, ma souveraine adorée! Multiplie tes exigences! — reprenait-il, — je les compterai comme des preuves d'amour. »

C'est ainsi qu'il était maîtrisé par elle après l'avoir maîtrisée.

— « Eh bien, — dit-elle, après la pause d'un baiser aux lèvres de son amant, — demande-moi à ma mère aujourd'hui! »

Il n'échappait pas à l'importune prière. Une colère plus réellement injuste que ce qu'il avait appelé ainsi dans Camille s'empara de lui, mais il la retint dans son cœur.

— « Tu te tais! — s'écria-t-elle. — Tu te tais et tu m'aimes? Oh! Allan, je ne te comprends pas! Tu n'as qu'à dire un mot et je serai ta femme demain, et je ne puis t'arracher ce mot! Et tu m'aimes? Il y a là-

dessous quelque chose qui me confond et me
supplicie ! »

Au fait, cette logique était indomptable. Il
n'y avait rien à répondre, ou bien il fallait tout
avouer.

— « Ah ! sans doute, je te demanderai à ta
mère... — fit Allan, avec une faiblesse insi-
dieuse. — Mais seras-tu plus heureuse qu'à
présent de mon amour ?... Que risquons-nous
à présent d'attendre encore ?...

— Et notre enfant, attendra-t-il ?... » — fit-
elle, d'une voix basse.

A ce mot, Allan devint tout pâle... Elle suivit
du regard cette pâleur verte sur le visage de
son amant ; puis elle reprit d'un ton sombre :

— « Écoute-moi, Allan, il faut que tu ailles
tout avouer à ma mère aujourd'hui. Je n'at-
tendrai pas une minute de plus. Hier, comme
j'étais auprès d'elle, elle m'interrogea sur ma
tristesse, sur l'altération de mes traits, avec un
coup d'œil qui me fit frémir. Je ne sais pas ce
que je lui répondis, tant j'étais troublée ! Il me
semblait que son regard ne quittait pas ma
ceinture. Ah ! finissons-en, mon ami, avec ce
supplice. Ma mère nous pardonnera tout et
nous serons heureux ! Peut-être n'avons-nous

cessé de l'être que parce que nous lui avons
caché que nous nous aimions. Tu souris?...
mais je suis superstitieuse depuis que je souffre.
Aie pitié de moi, mais va trouver ma mère! —
Vas-y!

— Mon enfant, — insista Allan, — ta mère
est souffrante, ne crains-tu pas?...

— Ah! voilà bien des craintes pour elle, —
interrompit Camille avec violence. — Et moi
donc, Allan, est-ce que je ne souffre pas aussi?
Est-ce que tu ne m'aimes pas plus que ma
mère? Et s'il y en a une des deux que tu doives
immoler à l'autre, est-ce donc moi? »

L'action de la femme offensée était d'une
véhémence si grande et imposait tellement à
Allan, que lui, naturellement éloquent, ne
savait que répondre à cette jeune fille qui le
dominait de l'ascendant d'une situation vraie.

— « Mais tu veux donc que je croie que tu
ne m'aimes pas! — reprit-elle, avec un cri
désespéré. — Ah! c'est à genoux que je t'en
prie, va trouver ma mère et dis-lui tout! Je ne
quitterai pas tes pieds que tu ne me l'aies promis, Allan! Allan, tu me disais tout à l'heure
que j'étais ta femme, mais tu vois bien que tu
ne veux pas que je le devienne! Eh bien, dis-

moi : « Non ! non ! je ne t'aime pas. » Ce sera
mieux. Mais ne me laisse pas dans ces affreuses
incertitudes. Tue-moi plutôt ! Envoie-moi d'un
coup de pied, moi et mon enfant, tous les deux
brisés, loin de toi, mais ne me dis pas que tu
m'aimes, quand tu me tortures ! Tue-moi plutôt ! tue-moi !... » — Et elle cognait sa tête avec
angoisse contre les genoux qu'elle tenait étroitement embrassés.

Il n'y a que vous, les avilis par le désespoir
de la femme aimée à vos pieds, qui compren-
drez ce que dut ressentir Allan en voyant Camille se traîner ainsi dans la poussière. Lâche
prostitution de l'innocence et de la douleur qui
profana tant de femmes, et dont l'homme resté
debout a partagé l'infamie ! Larmes tombées et
qu'on ne secoue pas des pieds qu'elles arro-
sent ! La bouche de celles qui les répandirent
ne les essuie même pas, et leur indélébile
trace, on l'emporte, comme une fange incor-
ruptible, dans tous les sentiers de la vie !

Allan souleva Camille de terre et la plaça de
vive force sur le canapé.

— « Folle ! que tu me fais de mal ! » — lui dit-
il. Mais elle ne comprit pas l'accent déchirant
d'Allan ; elle ne vit là qu'une exaspérante pitié.

Les pleurs séchèrent sur le visage de Camille comme les gouttes d'une eau rare qui tomberait sur un fer rougi. Femme qui se jetait aux contrastes, sa lèvre étincela de colère, le sang lui couvrit le visage et le fonça d'une teinte olivâtre, en gonflant, à les rompre, les artères du cou et du front.

— « Il n'ira pas ! — répéta-t-elle plusieurs fois avec frénésie. — Tu n'es qu'un lâche, Allan ! tes serments de m'aimer sont des perfidies ! Tu as aimé ma mère et peut-être l'aimes-tu encore, ou tu le lui fais croire comme à moi ! Voilà pourquoi tu n'oses demander la fille à la mère, quand tu les as trahies toutes deux ! »

Allan voulut la prendre dans ses bras, mais elle se débattit.

— « Ne m'approche pas ! — lui cria-t-elle avec horreur, — tu sens ma mère ! Ma mère, hypocrite et froide créature, qui l'aurait dit? tu l'as aimée ! Oh ! que je la hais à présent ! Quand je te dis de me laisser, amant de ma mère ! » reprenait-elle, avec une rage toujours croissante, en se dégageant de ses bras.

Allan n'avait jamais tant souffert. Les cris de Camille l'enivraient d'une douleur aiguë. Il eut un de ces moments de colère qui ferait presque

reculer le sort qui nous frappe, quand il vit
cette femme qu'il aimait l'appeler perfide et
recevoir avec dégoût ses caresses. Il fut sur le
point de saisir, malgré elle, la frêle et furieuse
créature, et de la briser sur son cœur dans une
étreinte de désespoir et d'angoissante volupté.
Mais il s'arrêta, les mains étendues, dans la plus
sublime des hésitations. Son regard avait en
ce moment une telle puissance, qu'un tigre en
aurait reculé. Il le lui mit sur la gorge comme
une arme :

— « Je te jure, Camille, — lui dit-il, d'une
voix tremblante comme on l'a quand on est
pâle de rage réprimée, — je te jure, par
l'enfant que tu portes, de me fendre la tête à
tes yeux sur cette console, si tu ne veux pas
m'écouter! »

La colère est la baguette d'Aaron. Quand
elle fut changée en serpent, elle dévora tous les
autres.

Camille domptée devint muette.

— « Je te jure — continua Allan — que je
n'aime pas ta mère, mais toi seule, Camille!
toi seule! toi! »

Elle baissa la tête comme si elle eût réfléchi.
Puis, la relevant tout à coup :

— « Je vais le savoir ! — dit-elle d'une voix brève. Et elle alla pour sortir.

— Où vas-tu ? — demanda Allan.

— Chez ma mère ! — répondit-elle.

— Quoi faire, insensée ! — Et il voulut la retenir. Mais elle résista et elle échappa à ses efforts.

— Tout avouer et tout savoir ! » — dit-elle, en se retournant, de la porte, et elle sortit de l'appartement, laissant Allan pétrifié d'étonnement et d'épouvante.

XII

LORSQUE Camille entra chez sa
mère, son esprit était dans une
telle agitation de la scène qui venait d'avoir lieu entre elle et
Allan, qu'elle n'éprouva pas l'émotion de timidité que lui causait toujours la présence de
madame de Scudemor. Une fièvre violente
s'était emparée de son âme, une fièvre de jalousie et de curiosité qui l'entraînait comme
un instinct. Sa volonté ressemblait à de l'involontaire. Ce n'était plus la jeune fille de tout
à l'heure, qu'Allan avait trouvée défaite d'in-

somnie et de larmes, et qui s'était roulée con-
vulsivement à ses pieds. C'était une femme
blessée dans l'âme et qui marchait au-devant
de la Destinée, avec la peur et la hâte que cette
destinée inspire toujours. Sa respiration était
courte, presque imperceptible. Son sein ne remuait pas plus que si sa vie avait été suspen-
due. Ses mouvements seuls avaient une rapidité
extraordinaire.

Quand elle demanda sa mère à une des filles
de chambre qui se trouvait alors dans l'appartement de madame de Scudemor, son accent
avait la brièveté de la sécheresse des malheureux poussés à bout, et qui veulent en finir
avec le doute qui les tourmente. La fille qui
était là répondit que madame de Scudemor
venait d'entrer dans son cabinet de toilette et
qu'elle en sortirait bientôt. Mais Camille, qui
sentait en elle l'impossibilité d'attendre une
seconde de plus, se précipita dans le cabinet
de sa mère.

Celle-ci était dans tout le désordre du matin,
occupée de ces mille soins mystérieux de toilette imposés par son organisation à la femme.
Elle fut extrêmement étonnée de voir Camille
chez elle à cette heure, et quoiqu'elle sût très

bien qu'il n'y avait au monde que sa fille qui
pût se permettre de passer le seuil de l'appartement où elle se tenait alors, le mouvement
qu'elle fit pour se couvrir de son manteau de
nuit trahissait presque de la frayeur. Le mouvement était d'autant plus remarquable chez
madame de Scudemor, que sa lenteur de patri-
cienne ne l'abandonnait jamais. Mais Camille
était trop la proie de ses sentiments pour apercevoir en sa mère le premier geste qui ressem-
blât à du trouble.

— « Ma mère, — fit hardiment Camille, —
je viens vous dire le secret de ma vie. Vous ne
l'avez pas pénétré. Vous ne l'avez pas demandé.
Mais il faut que vous le sachiez. Il le faut! »

Et il n'y avait rien de tendre dans cette voix
qui tremblait. On voyait qu'elle tremblait de
colère, d'anxiété, de haine, de tous les sentiments contenus qui frémissaient dans cette
poitrine immobile, comme un vase plein aux
mains de qui retient son haleine pour ne pas
jeter la liqueur qui va s'échapper des bords
envahis et couverts. Ah! le cœur, n'est-ce pas
le vase où vacille notre destinée?...

Madame de Scudemor était assise sur une
espèce de chaise longue en maroquin noir.

Elle regarda sa fille debout devant elle, et
dont les yeux, aussi secs alors que les siens,
avaient une extrême expression de courroux et
de ressentiment. Le sang de la mère semblait
s'être réfugié, de ses veines épuisées, aux joues
de la fille, en deux taches de vermillon, âcre
et brûlant, tel qu'on en voit sur les joues des
malades pendant le délire. C'eût été un saisissant spectacle que ces deux femmes l'une vis-
à-vis de l'autre, pour qui eût pu voir surgir
derrière elles leurs deux passés.

Madame de Scudemor ramenait sur son sein
amolli les plis fuyants de son manteau, grande
Niobé qui n'avait qu'à l'âme le marbre éternel.
Un rayon de soleil tombant par la fenêtre ouverte frappait son front, qu'il ne vivifiait pas.
Son attitude faisait saillir à sa taille, autrefois
de reine et de guerrière, l'arcure de la fatigue
de la vie. Elle se hâta de passer la main sur son
front terni.

— « Je devine tout! — dit-elle, de sa voix
basse et rompue. — Vous aimez Allan.

— Oui! je l'aime, — reprit la jalouse et
orgueilleuse fille, cherchant avidement sa rivale. — Oui! je l'aime, et il y a longtemps!
Vous ne vous êtes donc pas aperçue, ma mère,

que j'en étais folle? que je ne vivais que de sa
vie? que j'en suis enivrée chaque jour? Mais
vous n'avez donc rien vu, absolument rien vu,
ma mère! Votre instinct maternel — ajouta-
t-elle avec une féroce ironie — ne vous a donc
pas avertie de la passion de votre fille? J'étais
à vos côtés, et pas une fois vous n'avez soupçonné que je l'aimais! Et il n'y a qu'aujourd'hui
que vous pouvez le lire dans mes yeux et l'entendre dans mes paroles! »

A ces mots, madame de Scudemor baissa la
tête. Y avait-il, dans les insolentes paroles de
sa fille, une lourdeur d'insulte plus insupportable que celle du crachat d'Allan?... Sentait-
elle qu'elle s'était abusée et qu'elle en était
punie; que si elle avait aimé sa fille davantage,
elle eût été plus clairvoyante? C'était la première fois que la fille coupable par le sentiment
qu'elle proclamait avec cette audace, oublieuse
de toutes les retenues de son sexe, restait sans
larmes dans d'effrontés aveux, irrespectueuse
et sans pitié pour la douleur qu'elle allait causer à sa mère!... Mais c'est qu'il n'y avait plus
là de mère. Il n'y avait là, pour Camille,
qu'une rivale, qu'elle voulait connaître et
punir.

— « Et vous n'avez pas vu davantage, — reprit-elle, avec le ton de plus en plus exalté de
l'insulte et de la puissance, radieuse de l'effet
qu'elle croyait avoir produit et sentant toute sa
fureur jalouse se réveiller en présence de l'accablement de sa mère, — et vous n'avez pas
vu davantage que lui m'aimait! et que j'étais
heureuse! et que c'était le bonheur d'être aimée qui changeait ma voix, cernait mes yeux,
les emplissait de larmes; que j'en étais malade,
que je ne pouvais plus m'en soutenir? Vous ne
l'avez donc pas vu, mon Allan, à moi, me regarder une seule fois? car ce regard l'aurait
trahi et vous eût avertie! Mais où donc aviez-
vous les yeux, ma mère?... Vous ne nous avez
pas surpris une seule fois dans une caresse
trop lentement interrompue! Et pourtant nous
en avons assez vécu, de caresses, pour qu'une
seule fois, du moins, vous nous ayez décou-
verts! »

Madame de Scudemor ne répondait pas.
Rougissait-elle intérieurement pour la déhon-
tée?... Non! elle savait que la passion a de ces
violences que les hommes ont appelées impu-
deurs, et elle l'acceptait comme elle est, cette
passion connue et fatale. Camille, qui se mé-

prenait sur le silence de sa mère, se livrait au
plaisir de l'avoir humiliée... Il y avait une glace
derrière madame de Scudemor. Les yeux de
Camille se portaient sur cette glace, qui, étincelante, lui renvoyait sa beauté à laquelle sa
passion mettait comme un fard de feu et une
couronne d'éclairs, et sa mère accablée et flétrie, plus flétrie que l'eau qui stagnait à trois
pas dans le bassin de vermeil, image accusatrice
d'une jeunesse à jamais tarie. Aussi était-ce un
sourire de vengeance satisfaite qui se mêlait
aux impudiques aveux de Camille; car elle se
sentait la plus forte, car elle se voyait la plus
belle! Et cette idée l'excitant encore, avec la
lâcheté du triomphe qui pousse le pied sur la
gorge de l'ennemi abattu, avec cette rage qui
poignarde d'un mot, et les yeux bouillonnants
comme un cratère allumé, elle mit sur l'épaule
de sa mère une main presque matricide, et la
secouant à la briser :

— « Ma mère! ma mère! regardez-moi donc!
— lui cria-t-elle. — Ne voyez-vous pas que je
suis grosse? Doutez-vous encore qu'il m'ait
aimée?... »

Ce fut alors que la comtesse Yseult releva sa
noble tête. Elle était toujours impassible; — car

le seul sentiment de son âme, molécule perdue au sein du bloc opaque, n'avait pas même
l'énergie de se faiblement empreindre au
visage immuable et glacé. Elle prit lentement
la main de sa fille, et, l'attirant à elle avec une
douceur pleine de force :

— « Que tu l'aimes, ma pauvre fille ! — lui
dit-elle, avec la pitié qu'elle retrouvait en face
de toutes les douleurs. — Qu'il faut que tu
l'aimes, pour parler ainsi à ta mère !

— Et vous ? — répondit Camille, redevenant
pâle d'espoir et de joie. — Et vous, vous ne
l'aimez donc pas ?

— Ah ! l'amour t'a bien égarée, mon enfant ! »
— reprit madame de Scudemor. Et déjà Camille
était à ses genoux. Elle était brisée. Elle était
heureuse. Oh ! c'en était plus que la nature
humaine n'en pouvait supporter à la fois...
Madame de Scudemor essaya de la relever,
mais elle s'attacha à ses genoux.

— « Laisse-moi là, laisse-moi à tes pieds, ma
mère, et pardonne-moi de t'avoir parlé ainsi !
J'étais folle de douleur. Pardonne-moi ! Ah ! si
tu savais ce que c'est que la jalousie !... »

Et elle arrosait de larges pleurs les mains de
sa mère, qui lui répondait, avec son sourire

défait et vide : — « Crois-tu donc que je ne le sache pas ? »

Une heure après encore, Camille était assise sur le canapé de sa mère. Soulagée par ses sanglots, elle lui racontait les détails de son amour pour Allan... Cette jeune fille, que la froideur de sa mère avait repoussée, se trouvait presque avoir de la confiance avec elle. Depuis que la colère ne la possédait plus, elle avait repris toutes les pudeurs oubliées, rappelé toutes les modestes rougeurs enfuies. Le sentiment de la démarche qu'elle venait d'oser et qu'elle commençait de juger, la couvrait de confusion. Avec ses yeux baissés et les soupirs entrecoupés de son sein, elle ressemblait à une statue de la Pudeur, mais de la Pudeur outragée et souffrante.

— « Mon enfant, — lui disait madame de Scudemor, — je ne te demande pas compte de tes combats et de tes défaites. Me garde le ciel d'être dure envers toi que l'amour a entraînée, quand je suis plus coupable que toi ! N'aurais-je pas dû veiller sur vous deux ? Ne me suis-je pas trop laissé abuser par cette amitié d'enfance, qui cachait le danger d'un amour ? N'aurais-je pas dû te garantir, ou du moins te

fortifier contre ton propre cœur, ma pauvre
fille? Je ne l'ai pas fait. Mes torts sont plus
grands que les tiens. C'est à toi de me par-
donner. »

Et cette mère disait cela sans larmes, sans
expansion et sans caresses, mais avec une tristesse si morne, qu'en l'écoutant, le cœur de Camille se fondait... Elle savait pourtant bien,
Yseult, pourquoi sa sécurité avait été si grande !
Elle n'aurait jamais osé croire qu'Allan eût pu
aimer la fille de celle qu'il avait tant aimée
aussi, et il y avait si peu de temps ! Sa connaissance des passions ne lui avait rien fait soupçonner ou craindre, et sa divination était en
défaut. C'est que les plus chenus d'expérience
ont aussi leurs aveuglements, et les passions
toujours quelque secret gardé pour plus tard
quand on croyait les avoir tous arrachés, et
dont la révélation est si souvent inattendue, que
l'on dirait une perfidie de ce qui n'est pourtant qu'un mystère.

— « Rends grâce à Dieu, ma chère enfant, —
continuait madame de Scudemor, en flattant de
la main le contour du visage de Camille, —
rends grâce à Dieu de ce que la faute qu'il
pardonne, mais que les hommes ne pardonnent

pas, peut être cachée à leurs yeux. Dans quelques jours, tu seras madame de Cynthry. Moi,
je rends grâce à cette jalousie qui t'a fait m'a-
vertir à temps encore. Tu es bien jeune, ma
fille ; tu n'auras pas toujours une mère vieille
et séparée du monde. Tu dois y vivre, dans ce
monde, comme j'y ai vécu. C'est assez, crois-
moi ! de la destinée que les hommes nous ont
faite, à nous autres femmes, sans être encore
à leur merci par les faiblesses de son cœur. »

Quand elle entendit ces paroles, Camille se
douta-t-elle que sa mère avait été autrefois
malheureuse ? Rendue à sa confiance par cette
douceur qui avait si généreusement répondu à
l'offense, Camille eut-elle le désir de connaître
mieux l'âme de sa mère qu'elle avait souvent
calomniée ?... Mais elle ne hasarda aucune
question, ne manifesta aucun désir de savoir,
et refoula sa sympathie comme un attendrissement bientôt surmonté. Les habitudes de toute
leur vie se posaient entre ces deux femmes
comme un infranchissable obstacle. Elles ne
sont jamais brisées, ces habitudes... Si Camille
avait pleuré aux pieds de sa mère, c'est qu'elle
souffrait de l'injustice cruelle qu'elle se repro-
chait ; c'est que le bonheur de n'avoir pas de

rivale, plus encore que la bonté d'Yseult, avait inondé son âme d'une joie et d'une reconnais-sance infinies. Mais ce n'était pas de si peu que l'affection qui n'avait jamais existé entre ma-dame de Scudemor et sa fille pouvait naître. Il était trop tard!

XIII

En quittant sa mère, Camille retourna vers Allan, dévoré de honte et d'inquiétude en pensant à ce qui allait suivre, et comme toutes ses craintes, à elle, étaient balayées de son âme, elle lui demanda pardon de ses défiances comme elle avait demandé pardon à sa mère de la violence de ses soupçons et de la brutalité de ses aveux. Tel est le cœur humain. S'humilier ne coûte pas, quand on a joui des bénéfices de l'offense ; mais si l'offense avait été stérile ou si elle eût conduit à la découverte

que l'on craignait, la générosité du repentir ne
serait pas venue et on aurait eu imperturbable-
ment tous les torts.

— « Je serai donc ta femme, — disait Camille
à Allan, — ma mère me l'a promis, et notre
vie recommencera d'être heureuse ! » — Illusion
dernière, débris d'une foi ruinée en quelques
jours et avec lequel on ne reconstruit pas
d'édifice ! Bouquet d'hier replacé sur le sein
qu'il avait embaumé, mais dont les parfums
sont évanouis ! Camille n'avait pas encore l'expérience de son propre cœur. Elle croyait pouvoir raviver cette fleur délicate qui périt si vite
dans notre âme, et qui s'appelle la foi dans
l'amour. Hélas ! les racines de la plante mystérieuse séchaient déjà au cœur d'Allan. Il
n'acceptait pas les espérances de Camille.
Quoique venant de la femme aimée, elles ne
lui étaient pas imposées par elle. Instruit par
le peu de durée de son bonheur, il priait pour
que l'amour ne s'éloignât pas aussi après, et
peut-être ce modeste vœu d'un cœur épuisé
était-il encore une demande trop ambitieuse.

Camille lui raconta ce qui s'était passé chez
sa mère. Son âme attentive et troublée pesa
sur tous ces détails ; il vit qu'Yseult ne s'était

pas démentie et qu'il lui avait fait outrage
quand il avait tremblé pour elle. Il admira
une fois de plus cette femme, sublime de possession d'elle-même, sur laquelle ne passait
jamais le plus léger trouble... Ce qu'il connaissait d'Yseult et ce que Camille en ignorait, lui faisait porter sur Yseult un jugement
qu'il n'exprimait pas. — « Ma mère est bonne,
— disait Camille, — et elle a été généreuse. » —
Mais Allan savait que la générosité d'Yseult
était plus haut placée que dans la poitrine.
C'était l'entente de la passion éprouvée, l'ab-
solution de l'esprit à la nature humaine dans
ce qu'elle a de plus involontaire, et l'impar-
tialité de l'Histoire.

Ce qu'il y avait de décharné dans la sensibilité de madame de Scudemor, était précisé-
ment ce qui constituait sa triste originalité.
C'était toujours la même attitude, le même
regard, la même femme, — si ce mot de femme
n'impliquait pas tout ce qu'il y a de plus
mobile ici-bas. Aussi, pour celles qui lisent
cette histoire, cette Yseult toujours à la même
place, ce caractère autrefois passionné mais
devenu pur et froid comme l'albâtre, sur lequel
les jours ne posaient même pas leurs nuances

éphémères, pourrait bien n'être que d'un assez médiocre intérêt. Il n'y avait, en effet, rien d'inattendu en Yseult; rien n'étant plus conséquent à soi-même et de plus continu que l'inertie. Elle semblait reposée et calme comme la force. Mais ce n'était pas la volonté, cette source de toute grandeur morale, qui avait mis au silence les révoltes intérieures; elle avait souffert et saigné longtemps sous sa couronne d'épines, puis le front lui avait durci. Seulement, ne rien pouvoir contre le sort n'est pas se résigner davantage que de demeurer abattue. Elle n'avait rien fait contre ses passions mortes pour les faire mourir, et elle n'était, en tout, que l'idéal de la faiblesse de la femme. Allan, qu'elle n'avait pas aimé, et qui ne l'aimait plus, gardait pour elle une espèce de religion de respect. La façon dont elle avait accueilli les aveux de sa fille lui fit bien prévoir la manière dont elle agirait avec lui... S'il avait douté d'elle une minute, le doute ne pouvait pas durer. Cependant, il ne pouvait pas se défendre d'un embarras qui ressemblait à ses premières craintes. On a la lâcheté de ses torts, et ses torts n'avaient pas changé. « Tout en resterait-il là?... se deman-

dait-il, ou reviendrait-elle sur ce qui s'était passé
entre eux?... » Puisque déjà madame de Scudemor avait eu la délicatesse du silence, ne
pourrait-elle l'avoir encore?... Et quoiqu'un
entretien où seraient ramenés de tristes et
humiliants souvenirs ne pût lui être que pénible, il le souhaitait presque, n'eût-ce été que
pour sortir du vague dans lequel il se trouvait
enveloppé.

Car la vie s'était refermée sur eux trois
depuis le jour où Camille avait tout dit à sa
mère. La même vie, avec son même branle
monotone et lent et son éternel sillage effacé
toujours. Peu de temps s'était écoulé, il est
vrai, mais Yseult n'avait rien confié encore à
Allan de la promesse faite à Camille. Une
allusion à cette promesse ne lui était pas même
échappée. Qu'attendait-elle, puisqu'elle était
résolue? Que se roulait-il dans cette âme enve-
loppée dans une enveloppe de chair de plus
en plus dévorée, et qui néanmoins était impé-
nétrable comme au jour où une mâle vie et
une beauté puissante étaient l'abri d'un bou-
clier au cœur atteint?... Si madame de Scudemor avait aimé Allan de Cynthry; si, dans
l'intérêt du bonheur de sa fille, elle avait eu à

consommer quelque grand et obscur sacrifice,
— sang du cœur offert à Dieu, en secret, dans
le vase d'or pur de la conscience, — sa lutte
eût expliqué ses hésitations silencieuses. Il
faut si souvent, comme le Romain, reprendre
avec ses deux mains ses entrailles et y aller à
deux fois pour mourir! Mais Yseult n'avait pas
la vertueuse difficulté du sacrifice. Passionnée,
elle eût été plus grande; elle eût été plus
sainte. Mais on n'a à dire que ce qu'elle fut.
Pauvresse de l'âme, à qui ses inglorieux dévoue-
ments arrachaient presque un sourire, et qui
ne soulageaient pas sa misère!

Camille demandait chaque jour à Allan :
« Ma mère t'a-t-elle parlé aujourd'hui? » Et sur la
réponse négative du jeune homme, elle ajoutait,
avec une espérance un peu impatiente : « Ce
sera donc pour demain. » Allan, elle en était
sûre, n'avait aimé qu'elle, et leur avenir à tous
les deux lui paraissait long et serein comme
aux premiers moments de son amour et aux
plus beaux jours de sa vie. Pourquoi, cette
vie, ne la revivrait-elle pas? Pourquoi y avait-il
des différences dans son bonheur présent et
son bonheur passé, puisqu'il n'y en avait pas
dans son amour?... Elle cherchait à s'expli-

quer ses troubles et ses ennuis par les exigences d'un sentiment que l'unité dans le mariage
devait apaiser. Elle se montait la tête pour
être heureuse. — Quand on est moins heureux,
on se reproche d'aimer moins. On a remords
du bonheur devenu impossible, parce que les
âmes aimantes sont timorées. Pauvres âmes !
qui confondent, pour en souffrir davantage,
les aridités de la vie avec les sécheresses du
cœur !

Les défiances et les jalousies qui avaient
aigri l'amour de Camille, n'en avaient pas
diminué la violence. Son amant lui était toujours aussi cher. La femme capable d'aimer
se déprend si lentement ! Il n'en était pas
tout à fait de même pour Allan. Il était
homme, plus fort et plus grossier. Il marchait
plus vite. Il se détachait mieux. Il n'avait pas
eu besoin de mettre ses deux mains sur la
blessure par laquelle l'amour s'écoulait, car
cette blessure ne paraissait point mortelle.
Elle ressemblait à ces imperceptibles plaies
qui ne répandent par jour qu'une ou deux
gouttes d'un sang presque rose et qui n'em-
pêchent pas de vivre. On n'est pas plus pâle.
L'œil étincelle avec la même plénitude d'azur,

de lumière et de larmes. On boit l'enivrement
à toutes les coupes et la main les soutient
encore aux lèvres avides sans faillir, mais ces
deux gouttes de sang revenant toujours à la
même place, essuyées chaque soir et jamais
taries, c'est la mort... L'âme suinte par là son
agonie. C'est le contraire de Jésus-Christ.
L'épine déchirait les divines tempes, et des
fleurs éternelles fleurissaient dans le cœur
plein d'amour. A nous, hommes, les couron-
nes embaument encore la chevelure, que nos
cœurs expirent sous le dard envenimé. Allan,
qui n'était pas un Dieu, voulait toujours
aimer, qu'il le pouvait à peine. Camille, tantôt,
n'aurait plus pour lui que cet intérêt des souvenirs qui n'est pas toujours une puissance!
Contradiction de la nature de l'homme! les
défiances et les emportements de la femme
jalouse, il les eût maintenant préférés aux
ardentes confiances et aux tendres expansions
de l'amante rassurée. Il n'y répondait qu'avec
la gaucherie de la froideur. En vain, en la
voyant si tendre et si fidèle, repoussait-il l'idée
d'affliger un cœur tout à lui. Il se disait qu'il
lui donnerait toute sa vie. Don insuffisant à la
place de l'amour! cette tunique qui emporte

nos flancs avec elle quand on essaye de l'en
arracher. Mais cette inepte générosité d'une
heure ratifierait-elle, huit jours après, les enga-
gements qu'elle aurait pris?... Le mal était
irréparable... Ce n'est pas vrai, comme on l'a
prétendu, qu'en amour il y a un ver marin qui
bouche avec des perles les trous faits au précieux coquillage. Il n'y passe que l'eau de la
mer, qui est salée et rongeante, qui ternit et
qui mord un peu plus... Telle est la vie, telle
est notre âme! — Elles ne seront pas déchirées,
les pages qui vont suivre, car il n'y a probablement plus que les athées de l'amour,
vivants désespérés au milieu des autels ren-
versés et des idoles brisées de la vie, qui
puissent continuer ce triste récit...

XIV

EPENDANT, le jour tant désiré
arriva. Madame de Scudemor demanda tout à coup Allan auprès
d'elle. Elle n'était pas descendue
encore. Allan la trouva dans son appartement,
assise à une place bien connue et qu'il n'avait
jamais oubliée... C'était sur le canapé bleu
où elle lui avait parlé, pour la première fois, de
l'amour deviné par elle avec une si grande
compatissance, et où, vaincue par ses larmes,
elle avait rétracté sa sentence d'exil. Quand
Allan entra dans cette chambre et qu'il vit

Yseult à cette place, il éprouva quelque chose
d'assez analogue à l'impression que nous
envoient à l'âme les appartements de ceux que
nous avons aimés et perdus. Hélas! ici, tout
était de même. Seulement, le cœur d'Allan
avait changé.

Mais non! tout n'était pas de même... Yseult
était aussi extrêmement changée dans sa forme
extérieure, qu'Allan dans ses sentiments les
plus intimes. Le temps avait frappé l'une à la
surface et atteint l'autre plus loin que l'écorce,
mais le cœur de l'un pouvait avoir encore des
moissons d'amour à recueillir et à prodiguer,
tandis que, chez l'autre, le souffle aride de la
vie avait tout emporté d'une beauté qui aurait
dû mettre, à ce qu'il semblait, plus de lenteur
à mourir.

Allan était ému en approchant de cette comtesse de Scudemor qui avait été pour lui Yseult.
Elle vit à sa contenance ce qui lui remuait dans
le cœur, et elle le fit asseoir sur le canapé à
côté d'elle:

— « Allan, — se mit-elle à dire aussitôt, —
vous ne croyez pas, j'imagine, que je vous
appelle près de moi pour vous adresser des
reproches? Vous avez aimé Camille; vous avez

été aimé d'elle. Vous l'avez entraînée, vous l'homme, c'est-à-dire le plus fort, et qui, pour cela même, auriez dû la préserver de vous; mais vous étiez entraîné comme elle. Il n'y a eu en vous ni sang-froid, ni mauvais calcul. Comme je vous sais d'une noble nature, peut-être même avez-vous livré bien des combats à votre amour. Mais vous voyez, mon ami, si les conséquences des passions sont terribles, puisqu'on est obligé de les absoudre!

« Seulement, pourquoi avez-vous attendu si longtemps à me tout avouer? Vous perdiez ma fille aux yeux du monde, si un sentiment de jalousie, que vos lenteurs exaltaient encore, ne lui avait donné une confiance qu'elle n'a jamais eue avec moi. Étiez-vous donc assez orgueilleux ou assez pusillanime pour sacrifier celle que vous aimiez à l'inévitable embarras d'un aveu? Et pourquoi même cet embarras, Allan? Vous avais-je donné le droit de douter d'Yseult?... Si j'avais été une autre femme, je concevrais mieux vos hésitations. Mais ne me connaissiez-vous pas?... Vous semblais-je vivre sous l'influence des idées ou des sentiments de la foule? Vous ne vous rappeliez donc pas le passé? Ce passé n'aurait-il pas dû vous aider

à me juger comme j'étais? Ne vous souveniez-
vous donc pas de ce que je vous ai dit tant de
fois, ici même? — Et du doigt elle indiquait
le tapis, que son pied foulait hautainement
comme on foule aux pieds une misérable
affection perdue. — Ici où nous voilà, après
quatre ans, vous, guéri de votre fol amour, et
moi, sur le point de devenir votre mère? Ce
que je voulais alors, ai-je cessé de le vouloir
depuis?... Ah! si, durant ces quelques années
pendant lesquelles j'ai désiré vous épargner
des souffrances trop connues, j'avais pu me
reprendre à un sentiment, si faible eût-il été,
je comprendrais que vous n'eussiez pas osé
m'arracher d'un coup une illusion dernière.
Mais vous savez, Allan, si j'ai cru une seule
fois à vos paroles et si nos liens n'ont pas toujours été flottants !

— Yseult, — lui répondit Allan, — vous
êtes la femme la plus sincèrement et la plus
simplement grande qu'il y ait... Non ! je ne
vous jugeais pas commune. Si je ne me con-
fiais pas à vous, c'est que je ne me fiais pas à
moi-même. Un premier amour nous laisse
dans le cœur de ces vides que le second ne
peut combler, des vides et aussi des repro-

ches qu'on se fait, comme si on avait été infidèle! Je vous évitais, Yseult, comme j'aurais voulu éviter ma conscience, — cette conscience qu'on emporte toujours avec soi!

— Dites votre orgueil, mon ami, — reprit-elle, — car l'homme se méprise de ne pouvoir aimer longtemps, pour peu que sa nature ne soit ni légère, ni dégradée. Mais cet orgueil, Allan, deviez-vous l'avoir avec moi? Ne vous avais-je pas prédit la mort prochaine de votre amour? Ne vous avais-je pas montré les misères du cœur, si tôt fini, si tôt rassasié, et n'était-ce pas dans le mien que j'étais allée les prendre pour vous les montrer?... N'est-ce pas en vous parlant de mon néant, que j'ai essayé de vous convaincre de l'inanité des affections?... Mon cœur n'a-t-il pas été dans vos mains ce qu'était la tête de mort dans celles d'Hamlet, quand il y cherchait la pensée et qu'il ne l'y retrouvait plus? »

Et, en jetant ces mots mélancoliques de sa voix lente et sans mélodie, appuyée qu'elle était sur son coude, froissant de sa main gauche un long châle orange tombé de ses épaules aux hanches et flottant mollement autour d'elle, comme l'écharpe d'or du soir aux âpres flancs

de la montagne, image austère de la Destinée, elle semblait secouer de la suave dra-
perie qu'elle étalait sur ses genonx tous les
secrets de la mort et de la vie. — Allan la con-
templait dans sa pose auguste, pâle, mais non
sombre comme le marbre d'un tombeau sans
cyprès, et la conviction qu'elle exprimait une
fois de plus, cette science du cœur apprise et
retenue, le frappa comme une vérité nouvelle.
Du buisson ardent de son enthousiasme, Dieu
apparaissait enfin à ce Moïse de l'amour, et lui
faisait voiler son visage en écoutant la loi terrible, ignorée et niée si longtemps. Était-ce
l'harmonie qu'il y avait entre ce que disait
Yseult et ce qu'elle était ainsi disant, — beauté
perdue, yeux, torches bientôt éteintes, sein
auquel restait comme l'ornière du char de la
vie dans ces dernières années si rapides, —
était-ce toute cette dévastation au déclin qui
apprenait mieux à Allan la fin de toutes les
gloires de la vie, et l'initiait davantage au
secret de nos amours de poussière? La Sybille
parlait-elle pour lui plus haut que l'oracle? Ou
était-ce le premier reflux de la jeunesse, qui se
retire souvent dans nos cœurs lorsque, sur les
rivages de l'existence, la marée bat son plein

et semble monter encore?... Toujours est-il qu'Allan sentit une adhésion fatale dans son esprit aux paroles de madame de Scudemor. L'idée que son second amour allait expirer comme le premier, qui n'était encore que confuse, prit à ses yeux une netteté souveraine. Il s'envisagea tout entier. Yseult et Camille lui faisaient l'effet d'être deux cadavres au fond de son cœur. Il les vit et se tut, ne niant plus rien. La vérité le domptait enfin, ce fort jeune homme. La hache pouvait redoubler les coups à la racine de l'arbre, il n'en tomberait oiseau ni feuille. L'âme était dépeuplée des derniers doutes et des plus opiniâtres illusions.

Après un instant de silence :

— « Allan, — continua madame de Scudemor, avec le sourire que Shakespeare donne à la Patience quand elle regarde la Douleur, — Allan, dans quelques jours vous épouserez ma fille. Je ne vous dirai point : Soyez heureux! C'est un mot que je ne saurais prononcer sans mensonge. Mais votre amour, et le sien pour vous, puissent-ils durer longtemps! Je le souhaite. Maintenant, il vous sera plus facile de ne pas trahir avec Camille ce passé qu'on ne peut pas toujours oublier. Que ce passé demeure un éternel

secret entre nous! Mais il y a un autre secret
encore qu'il faut aussi y ensevelir. »

Allan la regarda sans comprendre. Elle reprit,
avant de lui avoir donné le temps de lui adresser
une question :

— « Écoutez! Allan. Quand ma fille, qui dans
huit jours sera votre femme, est venue m'an-
noncer sa grossesse, j'aurais pu lui répondre
que j'étais grosse aussi, moi! »

Allan fit un bond et s'écria. Mais Yseult
posa sa main sur la bouche du jeune homme :

— « Prenez garde! — dit-elle, — Camille
pourrait vous entendre. Si vous êtes un homme,
sachez vous contenir. Voyez — ajouta-t-elle,
en écartant les deux bouts du châle qui se
croisaient sur ses genoux, — si j'ai bien gardé
mon secret! »

Elle était enceinte de huit mois.

— « Je ne devais — continua-t-elle — vous
le révéler qu'à l'heure même où j'aurais eu besoin de vous pour qu'il ne fût pas pénétré.
Vous n'en avez rien entrevu à travers mes
souffrances. Et pourtant, il n'y avait pas pour
moi un mouvement, pas une attitude, qui ne
fût une cruelle imposture. Mais, grâce à l'habitude de souffrir, la douleur ne m'a pas vain-

cue, et la seule fois que Camille aurait pu tout
soupçonner, c'est quand elle me surprit, demi-
nue, dans mon cabinet de toilette, avant que
je n'eusse eu le temps de me couvrir de mon
manteau. »

Allan était atterré d'étonnement et d'effroi.

— « Mon calme vous fait peur, Allan, — dit-
elle, — mais l'idée qui vous accable aujourd'hui
ne m'a pas quittée depuis huit mois. Je m'étais
abandonnée à la pitié, c'est dans ma pitié que
je suis punie. Il fallait que ce dernier sentiment, comme les autres, se retournât contre
moi !

« Quant à vous, Allan, — continua-t-elle, —
vous voilà deux fois père, et il y a un de vos
enfants dont vous cacherez la naissance, parce
que les hommes la flétriraient de leurs stigmates
de bourreau. Ce n'est pas pour moi, qui n'ai
rien à demander à la vie et à qui l'injure et le
mépris des hommes ne tireraient pas un mouvement de révolte contre eux de ce cœur mort
et de ces nerfs anéantis ; ah ! ce n'est pas pour
moi, allez ! que je réclame le silence et l'obscurité. Mais c'est pour l'enfant à qui la Pitié
dont il est le fruit a imprimé une malédiction
jusque dans mon sein. Ce n'est pas pour l'en-

fant de Camille, de l'amour heureux et partagé, mais c'est pour le mien, Allan, c'est pour
le triste enfant de la Pitié! Vous aurez bientôt
des devoirs à remplir vis-à-vis de Camille, et
déjà, même, n'en avez-vous pas?... Que mon
enfant soit donc sacrifié à celui de Camille, je
ne me plaindrai pas. Au contraire, je le demande et je le veux! C'est à Camille, surtout,
qu'il faut épargner les douleurs cruelles de
l'amour blessé. Puisque je comprends cela, vous
devez le comprendre aussi; car je n'ai que ma
pitié de femme, et vous, vous avez votre
amour! Allan, je voudrais vous donner du
courage contre cette paternité qui vous poursuit déjà comme un remords. Votre autre enfant ne volera pas l'amour que vous aurez pour
celui qui vous dira moins hautement « mon
père! » Vous l'aimerez, n'est-ce pas? Eh bien,
on paie tout, on s'acquitte de tout avec de
l'amour! On efface même le malheur que l'on
a causé. Il est impossible que vous ne l'aimiez
pas, cet enfant. Hélas! moi qui ne peux plus
rien aimer au monde, moi qui l'ai conçu sans
amour, je n'ai à lui offrir que la pitié qui n'a
pas suffi à son père et qui ne lui suffira pas
davantage. Allan, — dit-elle d'une voix pro-

fonde, après une pause, — aimez-le pour nous
deux ! »

Chose digne d'émouvoir que cette prière
d'une mère qui demandait qu'on aimât son
enfant mieux qu'elle, parce qu'elle ne trouvait
pas dans sa poitrine assez d'amour à lui donner.
Allan mesurait toute l'étendue de l'infortune de
cette femme. Touché jusque dans ses entrailles,
il lui prit les mains dans les siennes, ces mains
dont le contact n'était plus pour lui qu'une
impression douce et froide :

— « Yseult, — lui dit-il, — ô Yseult, noble
et malheureuse femme, vous vous abusez encore ! Vous l'aimerez, votre enfant !

— Ah ! vous savez bien que je ne puis pas,
— reprit-elle, avec la douceur d'une résignation
sublime. — La volonté ne peut pas plus nous
faire aimer que vivre. Heureuses, sans doute,
qui cessent de vivre avant d'aimer ! Le sort ne
m'a pas donné d'être comptée parmi elles, et la
force d'aimer que j'avais ne m'aura servi qu'à
souffrir, même après que je l'ai perdue. »

Et, voyant que ses paroles de consolation
étaient inutiles, Allan abandonna les mains
qu'il tenait, comme le naufragé qui lâche sa
dernière planche de salut.

— « Il n'y a rien à faire, Allan, — dit Yseult
en branlant la tête, et à qui le mouvement
d'Allan n'avait pas échappé. — Vous aussi,
vous avez eu pitié de moi comme j'ai eu pitié
de vous. Vous voulez me faire croire à un sentiment qui n'est plus. Mais faire croire à un
sentiment, c'est le donner... Dieu seul le pourrait, mais non les hommes. Mon pauvre enfant,
laissez-moi achever de vivre dans l'isolation de
mon âme! Ce ne sera peut-être pas bien long.
Surtout, n'essayez pas de me rendre ce que je
n'ai plus. N'y avez-vous pas perdu votre amour?
Vous y perdriez votre pitié. Ne vous détournez
pas pour moi de l'amour et du bonheur de la vie.
Je vous paraîtrais peut-être une ingrate, parce
que je n'en serais pas attendrie. Souvenez-vous
de l'enfant, mais oubliez la mère! Il n'y a que
l'amour qu'on nous donne qu'il n'est pas permis d'oublier. Voilà pourquoi Camille doit
vous être à jamais sacrée, même quand vous
cesseriez de l'aimer un jour. Allez la retrouver,
mon ami, dites-lui que j'ai confirmé le don
qu'elle vous a fait d'elle-même, et que j'ai reçu
vos serments de la rendre heureuse. Chassez
de votre front ces nuages qui pourraient l'inquiéter encore. Allez! mon ami, et laissez-moi. »

Allan était trop sous le poids de la confidence qu'elle venait de lui faire et des pensées qu'elle avait élevées tumultueusement en lui, pour obéir à cette injonction de madame de Scudemor. Il hésitait et il restait immobile. Mais elle, qui lisait mieux en son âme que lui-même, lui dit, en se levant du canapé et en ramenant aux épaules le châle égaré qu'elle drapa autour de sa taille alanguie :

— « Eh bien, donnez-moi votre bras, mon fils, et retournons trouver Camille tous les deux! »

Et ils descendirent dans le jardin, où ils croyaient qu'elle était et où ils ne la trouvèrent pas. Le soleil était couché depuis une demi-heure, mais il n'avait point tout emporté des rayons qu'il venait de répandre à torrents sur la terre. Ils semblaient y traîner, à l'or et au vermillon liquide dont tous les objets étaient trempés. Le ciel était d'un azur sombre et qui allait toujours s'assombrissant davantage, des bords de l'horizon au zénith. Contraste singulier et frappant! l'ombre se projetait des régions de la lumière, et la terre, dans ses vapeurs opaques, s'embrâsait d'on ne sait quel reste d'éclat qui avait disparu de là-haut. Le jour se mourait par la cîme, comme un homme

de génie qui deviendrait insensé. La lumière
s'en allait du monde comme les plus nobles
facultés de la personnalité humaine. Mais la
vie restait dans l'un comme dans l'autre. Seulement, une vie aveugle, ténébreuse, stupide,
un ardent sommeil entrecoupé de rêves et de
sueurs. Vraiment, la terre n'était pas tranquille,
ce jour-là. On la sentait presque se cabrer sous
les pieds... Les airs regorgeaient de suavités de
toute sorte, harmonies humides, parfums doux
et tendres, et c'était un de ces moments où
l'homme, à l'unisson du grand tout qui l'en-
toure, noie avec une volupté pleine de force
son fragile cœur dans le vaste cœur de la
nature.

— « Que ce jour meurt bien ! » — murmurait
Yseult. On aurait pensé qu'elle enviait le glorieux déclin de ce jour radieux. Elle qui avait
ressemblé si longtemps à cette nature féconde
et luxuriante, il ne lui restait qu'un ciel terne
à la fin de sa journée, un vent froid après tant
d'orages. Allan, auprès de qui elle s'était assise,
en attendant Camille, sur le banc de l'extrémité de la terrasse, avec cette grâce qui plus
que la beauté lui était demeurée fidèle, Allan,
à cette parole qu'il pouvait prendre pour un

regret, eut comme le pressentiment de la fin prochaine de madame de Scudemor. Une voix lui disait dans le cœur que le désir trahi était exaucé. Mais ce pressentiment qui voila le front de l'homme d'une grande tristesse, n'effleura pas celui de la femme. Il n'approcha pas de qui l'eût repoussé comme un trop audacieux espoir de délivrance. Allan seul y fut accessible, comme seul il devait en souffrir. Les souvenirs de l'amour qu'il avait éprouvé pour elle s'attestaient d'une manière touchante et sacrée par l'état de grossesse d'Yseult. Mais, hélas! — faut-il appeler cela de l'égoïsme? ou Dieu ne permettait-il pas qu'Yseult recueillît pur, à son tour, le sentiment qu'elle avait donné sans réserve? — en dehors d'elle comme au dedans, solitude! Et même ce qu'Allan sentait d'attendrissement à cette heure, était moins de la pitié pour elle que de la pitié pour son enfant.

XV

ES quelques jours que madame de Scudemor avait marqués pour le mariage de Camille et d'Allan, ne tardèrent pas à s'écouler. Comme depuis son retour d'Italie on savait à peine à Paris qu'elle fût revenue, et que, d'ailleurs, sa santé aurait été un suffisant prétexte pour ne pas donner de fêtes à l'occasion de ce mariage, elle n'y invita personne. Il fut résolu que rien ne serait changé à la vie qu'ils menaient tous les trois au château des Saules, jusqu'à l'hiver,

époque à laquelle le jeune ménage partirait pour Paris.

Le mariage se fit donc, — comme tous les mariages devraient se faire, — obscurément, au fond d'une campagne, dans une petite église de village. Nulle société envieuse, ironique ou impie, n'accompagna ces deux beaux jeunes gens qui s'unissaient devant Dieu, et n'espionna les joies modestes de la femme sur le front où, le lendemain, d'obscènes regards les y eussent cherchées, à travers de confuses rougeurs. Pour tous témoins, il n'y avait là que quelques jeunes gens et quelques vieillards du village, vêtus de leurs habits de fête. Simples âmes, qui voyaient dans cette cérémonie du mariage le plus grand événement de leur vie à venir et le plus touchant de leur vie passée! Camille avait pris pour sa *couche-bru*, comme l'on dit dans le pays, une des jeunes filles qui étaient venues, la veille, lui offrir l'oranger où elle devait cueillir la branche d'usage destinée à son front. Hélas! ce n'était *plus* un symbole! Quoique heureuse, la mariée la regarda longtemps avec rêverie, cette blanche fleur qui allait mentir, et, rougissant pour toutes les deux, elle la dissimula pudiquement sous une des tresses

de sa forte chevelure. Et c'est ainsi que, d'em-
blème de l'innocence, la fleur devint celui du
mystère que Camille cachait dans son sein.

Jamais mademoiselle de Scudemor n'avait
été si belle. Les images du passé se joignant
aux idées que faisaient naître les circonstances
de ce jour, lui donnaient un embarras char-
mant, un trouble plein d'ivresse et de langueur,
d'ardeurs noyées dans des tristesses plus voluptueuses que ces ardeurs mêmes. Jusque dans
sa démarche, il y avait de son âme. De la
porte de l'enclos à l'église bâtie au milieu, elle
s'appuya sur le bras d'Allan, non comme une
jeune fille ignorante et timide, mais non plus
comme la femme heureuse et fière de l'amour
de son époux. C'était quelque chose de l'un
et de l'autre de ces sentiments. En la voyant
ainsi s'avancer sur le bras d'Allan, un observateur ou un poète à l'intuition sûre, aurait
peut-être soupçonné la position de cette lan-
guissante épousée ; mais il n'y avait ni poète
ni observateur parmi ces villageois, qui ne savaient pas que, pour le rendre plus enivrant
encore, au bonheur actuel de ce jour s'ajoutait
celui des souvenirs. Gens candides, qui n'avaient
pas réfléchi sur eux-mêmes, et à qui rien n'avait

appris qu'avoir été coupable rend plus heureuse, au jour de l'union désirée, que d'être demeurée innocente.

On avait répandu des jonchées de primevères dans la nef, dont les croisées ouvertes recevaient en plein un air frais et pur. Plus d'une fois, pendant la cérémonie, les pigeons du presbytère vinrent se poser sur le bord des fenêtres comme des messagers de joie. Camille pouvait les voir, du pied de l'autel où elle recevait la bénédiction du prêtre. Une pensée superstitieuse naquit en elle, comme il arrive souvent, dans les circonstances solennelles de la vie, même aux moins rêveuses. Elle s'imagina que ces oiseaux étaient un présage, et que, s'ils quittaient la fenêtre avant la fin de la cérémonie, son bonheur s'en irait avec eux. Hélas! les oiseaux s'envolèrent... L'étincelante beauté de Camille se couvrit d'une pâleur soudaine aussi grande que celle de sa mère, debout à côté d'elle, et qui, sans sourires et sans larmes, regardait marier son enfant. Seulement, pour Camille, cette pâleur devait disparaître à la voix d'Allan, tandis que, pour Yseult, c'était un suaire qu'elle emporterait dans la tombe.

Après la cérémonie, Camille demanda à

Allan de retourner tous les deux à pied au
château. Madame de Scudemor, dont l'état de
souffrance motivait une foule de ménagements,
remonta en voiture et les laissa. On était en
Juin, ce mois inondé de lumière et embrâsé de
soleil comme un regard de femme amoureuse.
Du côté opposé au marais, les airs se tiédis-
saient, sur toute la route qu'ils parcoururent, de
l'alanguissante odeur des colzas, qui balançaient
leurs milliers d'aigrettes d'or à perte de vue.
Les blés n'etaient pas avancés. De sveltes
épis d'un vert tendre ne montaient pas plus
haut que les colzas en fleur. A d'autres en-
droits, les trèfles étendaient leur laque car-
minée et sombre, et nul arbre n'ombrageait
ces plaines, qui n'avaient guères au-dessus
d'elles que le cintre du ciel. Allan et Camille
les traversaient pas à pas, suivant les chemins
étroits que la charrue épargne aux bords des
champs cultivés ; promenade qui leur rappelait
celles d'il y avait près de quatre ans, dans les
mêmes lieux. Camille surtout y trouvait un
grand charme... Elle se souvenait de son isolement lors de la maladie d'Allan, et le souvenir
du mal passé assaisonnait délicieusement les
émotions qu'elle recueillait dans son cœur.

C'était dans ces champs qu'elle avait emporté
son secret d'inquiétude et de jalouse amitié
qui présageait si bien l'amour, — qui était de
l'amour à son insu à elle-même, comme à
celui de tous... C'était là qu'elle avait séché
ses larmes, si toutefois elle en avait répandu... Et elle ne retrouvait pas plus sur la
terre rousse du sentier la trace de son petit
pied d'enfant, que dans son âme les vestiges
de la douleur endurée.

— « C'est un pèlerinage d'expiation que cette
promenade, Allan, — disait Camille. — Je
voulais que le jour où nous commençons d'être
inséparables, nous pussions passer ensemble
là où j'étais passée seule et malheureuse.
Quand tu fus malade de cette chute et de cette
fièvre dont tu faillis mourir, ma mère m'avait
exilée de ta chambre, et c'était ici que je venais
attendre la fin de ces jours si longs! »

Allan pressa la main qu'il avait dans la
sienne. L'heureuse femme crut qu'il la comprenait... Elle vit dans son silence un attendrissement qui n'existait pas. Ses paroles avaient réveillé de dévorants souvenirs dans le cœur de
son mari. Il pensait à Yseult et aux soins
qu'elle lui avait prodigués. Il se la rappelait

comme elle était posée au chevet de son lit,
et, par une singulière contradiction, ce qu'il
éprouva ressemblait plus à du regret qu'à du
remords. Malheureux homme, qui se détour-
nait du présent et de l'avenir, inassouvi de l'un
et dégoûté de la perspective de l'autre, pour
se rejeter au passé qui ne lui appartenait plus!
C'est ainsi qu'après l'avoir aimée, et au moment
où Camille était à lui pour la vie et où il venait
de jurer devant Dieu et les hommes de l'aimer
toujours, il lui faisait, dans sa pensée, sa première infidélité.

Mais il eut honte de ce regret involontaire;
il l'étouffa, et il crut en avoir fini avec le passé.
Il se trompait. Un premier amour influe sur
toute la vie. On aime après, on aime encore,
et peut-être aime-t-on davantage? Mais on porte
un signe dans le cœur, signe maudit ou béni,
mais ineffaçable. Le doigt de la première aimée
est comme celui de Dieu. L'empreinte en est
éternelle... A chaque amour qui finit, à chaque
illusion qui s'en va, à chaque boucle de cheveux coupée sur des têtes mortes, une seule
image apparaît et se traîne dans le vide du
cœur, et il semble toujours qu'il n'y en a qu'une
qu'on ait trahie!

Ceux qui sont mariés le savent bien. Il faut être bien follement enivré ou bien stupide, pour que, le jour du mariage, on n'ait pas des tristesses incompréhensibles, même ceux-là qui ont vécu le moins de la vie du cœur. On a vu souvent de petites pensionnaires, mariées du matin, frissonner au bal le soir, dans la soie dont elles étaient vêtues, sans savoir pourquoi ce glacial frisson les atteignait un pareil jour... Allan chercha à engloutir en lui ce qu'il avait de morne au cœur, au milieu des joies impuissantes de la simple fête qu'on donna aux Saules. Les villageois et les pêcheurs de la Douve dansèrent dans les cours et sur les gazons. Camille y dansa elle-même, mais elle se retira de bonne heure. Elle n'était plus la jeune fille qui voit venir le soir avec les tremblements d'une pudeur craintive et des désirs mal combattus. Ce qu'il y avait derrière le rideau de la couche nuptiale, elle le savait, et si elle aspirait à l'heure mystérieuse et sacrée, c'était pour être seule avec celui qu'elle aimait, seule et toute à lui, sans avoir à craindre l'entrecoupement d'une caresse !

A la fin, ce moment arriva où les battants d'une porte fermée firent le désert autour

d'eux. Ils venaient de quitter leur mère, que
la fatigue avait forcée de se mettre au lit. A cet
instant où Allan souhaitait une nuit tranquille
à celle qu'il abandonnait sur la couche où il
avait veillé à côté d'elle, pour aller veiller avec
une autre pendant qu'elle essaierait de dormir,
— si toutefois l'enfant qu'elle portait dans son
sein n'interrompait pas son sommeil, — il
éprouva un si grand trouble, que le baiser ré-
servé à la joue, il le prit, par un mouvement
rapide et confus, au bord des lèvres connues...
C'étaient toujours les mêmes, froides et sé-
chées. Mais ce baiser involontaire et hâté, à
moitié donné et aussitôt repris, lui causa une
impression saisissante et le rejeta dans les pensées que, le matin, il avait essayé d'éloigner.

— « Oh ! nous sommes seuls, et à nous ! » —
dit Camille, avec l'ingénuité d'un amour profond, en entrant dans la chambre qu'ils devaient désormais habiter. Madame de Scudemor
avait soigné elle-même chaque détail de cet
appartement. Tout y était commode, élégant,
attestant l'imagination d'une femme qui a
connu l'amour et le luxe ouaté qu'il exige.
Qui peut dire s'il n'y avait pas eu pour Yseult
une douleur attachée à chaque détail de cette

chambre, ornée et arrangée par elle? Mais elle
n'en avait oublié aucun. Une pensée cruelle
ou triste avait peut-être accompagné chaque
soin qu'elle avait pris pour que la félicité de
Camille ne se blessât pas à quelque angle des
choses qui allaient l'environner, pour que les
pieds nuds de l'heureuse épousée ne trouvas-
sent pas le tapis qui les recevrait d'un tissu
trop rude? Elle n'avait pas moins dit, l'infortunée : « Mettons bien à l'aise son bonheur! »
tout en opposant peut-être intérieurement sa
condition à celle de Camille, tout en évoquant
sa détresse passée dans un de ces souvenirs
qui survivent à l'oubli de tout, et qui, mêlés à
tous les actes de la vie, « noircissent chaque
rêve, — a dit Crabbe, — et empoisonnent chaque prière ». Mais, hélas! ni rêve, ni prière,
depuis longtemps elle n'en faisait plus.

La fête avait fini de bonne heure aux Saules.
On respectait le repos de madame de Scudemor. Les paysans ne prolongèrent pas leurs
danses dans la nuit autour du château. Une
fenêtre était restée ouverte dans la chambre de
Camille et d'Allan. L'air était si doux qu'ils ne
songèrent pas à la fermer. La lune commençait à blanchir le bleu de la coupole du ciel,

et les acacias du jardin exhalaient leurs parfums d'orange. Ce n'était qu'une belle nuit,
mais, pour les âmes tendres, c'était la musique de la nature, — de toutes les musiques
celle qui les jette le plus dans les bonheurs
insensés de la rêverie et des larmes.

On le sait, Camille n'était point ce qu'on
peut appeler : « une âme tendre ». Il y avait en
elle quelque chose d'emporté, de décidé, qui
excluait toute idée de tendresse. Mais la sensibilité d'une femme a beau être passionnée,
ce n'est jamais comme celle de l'homme, qui
s'attache davantage au fini, aux arêtes des
choses. Dans la sensibilité des femmes, il revient toujours comme une plainte charmante,
comme une fatigue même d'un bonheur sous
lequel elles ploient et qu'elles ne peuvent longtemps porter... Tel était le genre de tendresse
de Camille. D'un autre côté, un des caractères
du bonheur, c'est la lenteur des mouvements
dans ceux qui en jouissent. Pour vivre plus
longtemps dans la pensée qui rend heureux,
on la retient à grand'peine, comme un souffle
qui respire ne s'aspirerait plus. Le corps même
n'a plus qu'une attitude, comme si, dans l'espace, il y avait à craindre quelque choc invi-

sible et soudain. Camille avait entraîné lentement son mari à la fenêtre. Au lieu de regarder
celui qu'elle aimait, elle regardait cette nuit,
pure comme une âme, ou plutôt elle ne regardait ni l'un ni l'autre. Elle recevait, sans la
chercher, l'impression des deux. Il fallait qu'il
entrât de la nature comme de l'amour dans
son émotion; car il y a un accord parfait entre
le cœur et la nature, d'où résultait le bonheur
infini qu'elle goûtait alors, et dont les autres
bonheurs dévorés n'avaient été que la promesse. La fenêtre fermée, le rideau baissé, elle
aurait aimé autant Allan, elle aurait été plus
seule avec lui, et elle n'eût pas été aussi heureuse... C'est Pan aussi que devrait s'appeler le
bonheur dans nos âmes, puisqu'il est tout et
se compose de tout. Des pleurs roulaient dans
les yeux de Camille, et elle ne s'apercevait pas
que c'étaient des pleurs à travers lesquels elle
voyait le ciel qui lui semblait plus beau, plus
cristallin, plus humide qu'à l'ordinaire, dans
la transparence d'azur de son éther! Sa tête
s'appuyait sur l'épaule d'Allan. Il avait voulu
lui parler. Elle lui avait dit à voix basse : — « Oh !
laisse-moi ! » — Elle ne bougeait pas; elle ne
pensait pas; elle ne désirait rien. Le bonheur

l'égalait aux femmes tendres... Qu'elles disent
si c'est du bonheur, que cet état d'âme qu'elles
connaissent seules, où la voix aimée est moins
douce que le silence, et où un baiser, — même
un baiser ! — on ne le voudrait pas !

Adorable nuit de noces, que celle qui pourrait s'écouler toute ainsi ! Mais, de l'amour,
Allan, depuis longtemps, ne connaissait que
les ivresses. Le mariage ne faisait pas refleurir
dans son cœur, comme dans celui de Camille,
la félicité des premiers instants de l'amour ou
une félicité meilleure. Son âme de poète lui
avait donc été donnée en vain ? Ce sentiment
si fort et si chaste, cette nature dont le charme
était non moins grand, ne l'arrachaient pas à
ses pensées. Il restait silencieux comme Camille,
mais il souffrait. Il songeait *à l'autre*, — qui
comptait sans doute les heures dans l'isolement
et dans l'insomnie. Pitié ou regrets, il ne voyait
plus que confusion en lui-même, et il se demandait si son premier amour n'avait été que
mal éteint. En vain se disait-il qu'il voulait
aimer Camille. On ne se dit ces choses insensées que quand l'amour n'existe plus ou
qu'il va cesser d'exister. L'idée du bonheur
retrouvé par elle et qu'il avait peur de trou-

bler, ajoutait encore à son supplice. Pour y
échapper, après bien des mouvements en sens
divers, il appela la volupté à son aide, et sur
le cou soyeux de sa femme, satiné davantage
par le torrent d'outremer qui y coulait dans le
bleuâtre clair de lune, il essaya de réchauffer
ses lèvres, froides encore du contact des lèvres
d'Yseult.

— « C'est toi! — dit Camille, en lui passant
les bras autour du cou, — c'est toi! et toute
la vie ainsi! »

Elle n'eut pas la force d'approcher son visage
du visage d'Allan, pas la force d'achever la
caresse, tant elle était heureuse! N'était-ce pas
un sacrilège à Allan, que de rappeler des pures
régions de la rêverie et des plus ineffables
jouissances, cette femme, qui s'y était perdue,
pour la faire revivre de la vie terrestre des
passions momentanément abandonnée? C'est
qu'il voulait provoquer des enivrements dans
lesquels il se cachât à elle et à lui-même, et
qu'autrefois il n'avait pas la peine de chercher!

Mais la pensée qui le rongeait fut plus forte
que tous ses efforts. Cette jeune femme n'était
pas seulement l'épouse du matin, la jeune fille
désirée longtemps et enfin obtenue; c'était une

11.   27

femme sans mystère, n'ayant plus que cet
amour si grand quand une femme s'est donnée
et qu'il ne lui reste plus que cet amour à
donner, dernier don repoussé du pied par les
hommes! Aussi, la caresse prodiguée ne faisait
pas oublier la souffrance au malheureux Allan,
qui cherchait à la fuir. Il s'emportait contre lui-
même et contre le destin, de ce que cette magnifique créature assise sur ses genoux, et dont
il pressait avec ardeur les hanches bombées et
voluptueuses, ne lui causât plus les émotions
qu'elle lui causait naguères et dont il avait un
si grand besoin aujourd'hui! Elle, elle ne voyait
pas dans les transports de son mari ce qu'ils
cachaient à son âme, si amoureusement abusée!
Elle s'abandonnait à chaque instant davantage.
Puis, comme elle était naturellement passionnée, elle fit bientôt plus que de s'abandonner...
Les rôles changèrent. Allan, vaincu par les
résistances de son cœur, sentait que Camille,
autrefois si puissante, n'était plus qu'une femme.
Le mari restait, mais l'amant avait disparu.

— « Tes lèvres sont froides et tes cheveux
aussi, — dit Camille, — c'est l'air de la nuit. »
Et, plus bas, elle ajouta, rougissante, ce mot de
l'intimité dans lequel se transfondent deux

existences et qui devient immonde si plus d'un
l'entend : « Couchons-nous ! »

Elle se leva des genoux de son mari et alla
se coiffer de nuit dans la glace. En un clin
d'œil, sa robe de mariée tomba à ses pieds.
Elle en sortit toute bondissante, n'ayant plus
que son jupon blanc et son corset, étroite et
gracieuse cuirasse qu'elle eut promptement
délacée. Allan la regardait, morne, à trois pas
d'elle. A chaque voile qui tombait, c'était
quelque beauté nouvelle qui venait d'éclore :
un bras entièrement dénudé, une épaule
échappant aux plis dérangés d'une dernière
tunique, une rondeur de sein plus trahie. Il la
regardait machinalement, comme un homme
rassasié regarde, d'un air vague et froid, la
coupe dont il s'est abreuvé et qu'il a vidée. Et
pourtant, cette coupe, il ne voulait pas la briser.

. . . .
. . . .
. . . .
. . . .

Cependant, la tristesse sombre qui perçait au
fond de toutes les caresses d'Allan, Camille ne
l'apercevait pas. Cette nuit de noces n'était
amère que pour lui. Pour elle, ses instincts

de défiance s'étaient endormis et l'émotion ne
leur donnait pas le temps de se réveiller. Mais,
pour une autre que Camille, la figure d'Allan,
sous le demi-jour de la lampe, aurait accusé
les angoisses qu'il étouffait. Dans les bras de
sa jeune femme, il contractait sa fureur intérieure de ne pouvoir entièrement perdre la
raison. Elle, les yeux mi-clos et toute pâmée,
la tête en saillie sur l'oreiller tiédi de ses
souffles, livrait les merveilleuses touffes de ses
épaules à respirer à Allan, comme des gerbes
de fleurs enivrantes. Le cruel les mordit plus
d'une fois avec la rage des désirs trompés...
Heureusement, la bouche ne déposait pas
l'horrible secret dans ses morsures, — et, le
lendemain, Camille ne devait y voir que la
trace d'une nuit de volupté et d'amour.

Heureuse Camille! Elle ne s'endormait pas,
et les heures passaient, aussi pleines et rapides
pour elle qu'elles étaient lentes et vides pour
Allan. Lui, maudissait cette vie si forte qui
résistait à la fatigue des transports et de l'insomnie. Il aurait désiré qu'elle s'endormît. Il
se serait trouvé délivré et il aurait respiré tout
haut. Quand les yeux de Camille, d'un éclat,
maintenant aussi voilé qu'ils étaient ordinaire-

ment brillants, relevaient leurs noires paupières chargées de brûlantes langueurs pour
regarder son mari et s'abaisser de nouveau,
Allan tremblait qu'ils ne vissent jusque dans
son âme. Une fois, il éteignit la veilleuse, qui,
du somno, projetait la lumière sur le lit; et
la chambre et le groupe qu'ils formaient, tout
disparut dans l'obscurité. Ah! si Camille, dans
cette obscurité, avait passé les mains sur le
visage penché vers elle, peut-être y aurait-elle
trouvé les froncements de la douleur que son
mari lui cachait!

Cette nuit paraissait d'une longueur sans
pareille à Allan. Elle lui ouvrait l'insupportable
perspective de revenir, au bout de chaque
journée, comme un éternel supplice. Il en
comptait toutes les secondes avec l'anxiété
de l'attente. Mais qu'attendait-il? Que cette
femme s'endormît? Chétive interruption à la
vie! Le réveil ne ramènerait-il pas l'irrévocable?
Et tout en se disant cela au milieu des tourments endurés sur le sein de sa femme, il sentait qu'elle le serrait plus étroitement et il lui
rendait son étreinte. Qu'elles sont donc impé-
nétrables, les six lignes de chair de nos poitrines, puisque les battements de ce cœur que

Camille pressait sur le sien ne l'avertissaient
pas!

Enfin, quand le jour vint à poindre, Camille
s'endormit de lassitude. Le sommeil est pour
les heureux comme pour les justes. Allan la
regarda, aux premiers rayons de l'aurore, qui
fermait les yeux plus pesamment, et qui, par
degrés, perdait connaissance. Spectacle délicieux quand on aime! Mais il ne jouit pas de
cette contemplation idolâtre. Il épiait le moment où il pourrait, sans la réveiller, se dégager des bras qui l'entouraient. Il les dénoua
doucement, ces bras si forts pour le retenir, et
auxquels la pression du corps qui avait pesé
dessus avait fait contracter, en plusieurs en-
droits, des rougeurs ardentes. Il quitta furtive-
ment ce lit comme s'il n'avait pas été le sien,
s'habilla à la hâte et vint s'asseoir dans une
des bergères de la cheminée. Il prit un livre
pour se sortir de lui-même, — mais il n'en
comprit pas un mot et il resta plongé dans
son accablement.

Le jour était haut quand Camille s'éveilla.
Avant d'ouvrir les yeux, elle fit un mouvement comme pour chercher celui qui devait
reposer auprès d'elle, et, ne le trouvant pas,

elle se dressa effrayée sur son séant, les yeux démesurément ouverts. Mais, avant qu'elle eût appelé Allan, elle l'aperçut, défait et pâle, au coin de la cheminée : « Pourquoi es-tu là ? » lui demanda-t-elle avec inquiétude. Il lui donna pour raison qu'il s'était trouvé un peu souffrant, et qu'il s'était levé sans vouloir troubler le sommeil dont elle jouissait depuis si peu d'heures. — « Mais je suis bien maintenant, » ajouta-t-il. — « Viens donc m'embrasser ! » lui dit Camille, en retombant mollement sur le lit. Il l'embrassa, — mais d'un baiser vide comme le cœur qui le lui donnait.

Ce premier bonjour dans son existence nouvelle avait-il encore la puissance de l'illusion pour Camille? Quoi qu'il en pût être, elle fut triste tout le lendemain de son mariage. Elle ne fut plus émue comme la veille, en s'entendant appeler : « Madame ». Elle fut triste, et elle ne put se dire pourquoi... Seulement, elle se rappela plus d'une fois les oiseaux qui s'étaient envolés et qu'elle avait pris pour un présage.

XVI

QUEL est celui qui, ayant vécu de la vie du cœur, n'a pas éprouvé que dans les sentiments dont on a le plus souffert il y a quelquefois des interruptions singulières, une espèce de *renouveau* en bonheur, imprévu et inexplicable? Camille l'avait éprouvé, le jour où ses soupçons jaloux avaient disparu à la parole franche et compatissante de sa mère, jusqu'à son mariage. La main qui lui serrait le cœur avait lâché sa prise et il s'était dilaté encore une fois. Mais ce fut la dernière. Elle avait atteint

le dernier pic de la cîme du bonheur de la vie,
mais pour en être plus violemment précipitée !

La tristesse du lendemain de son mariage
ne la quitta plus, et elle ne se l'expliqua pas
davantage. Elle n'avait aucun reproche à faire
à son mari. Dans le temps qu'elle était jalouse,
elle supposait des motifs à la froideur d'Allan ;
maintenant, elle ne le pouvait plus. D'ailleurs,
quoique Allan lui eût toujours paru un caractère mélancolique, il était plus expansif et
moins irritable depuis son mariage. Hélas !
ce qu'elle prenait pour de l'expansion, était
plus de naturel dans des relations aussi simples
entre mari et femme que fausses entre amants
obligés de se cacher. Toute la différence du
parler au chuchotement ou au silence. Cette
vérité de situation aux yeux des autres, empêchait bien des irritations. On en a quelquefois pour vingt-quatre heures de colères con-
centrées et dévorées, parce qu'on a manqué
à un rendez-vous de quelques secondes sur
un escalier, par peur de l'espionnage d'un
valet.

A ne voir le mariage que comme on le voit
au dix-neuvième siècle, par les côtés élégants
et polis, celui de Camille et d'Allan était bien

ce qu'il devait être. Le mari était, comme on
dit, *parfait* pour sa femme. Tous les procédés,
toutes les attentions qui viennent autant de la
délicatesse du cœur que de celle de l'esprit, il
les avait. Disons même qu'il avait davantage,
quand madame de Scudemor n'était plus là...
Mais si elle s'y trouvait, par hasard, il n'osait
aucun de ces muets et charmants abandons
qui sont, dans la vie domestique, si touchants
sous les yeux de la mère de la femme qu'on
aime. Pour la plus simple des tendresses, pour
un baiser donné en rentrant du jardin, elle
était de trop.

Yseult savait-elle pourquoi le bonheur d'être
la femme d'Allan rendait Camille si triste?...
Elle ne le lui demandait pas. Les âmes hors du
commun s'entendent, même quand elles s'éloi-
gnent. Camille aurait appréhendé une pareille
question. Elle reconnaissait bien qu'elle n'était
pas heureuse comme elle l'avait été et comme,
mariée, elle croyait l'être... Mais Allan, qui
n'en avait pas, aurait-il eu des torts vis-à-vis
d'elle et eût-elle mieux aimé sa mère qu'elle
ne l'aimait, que les torts d'Allan, elle ne les
aurait pas confiés. Quand une jeune femme
accuse son mari dans des confidences à sa

mère, ou elle est une âme sans noblesse, ou elle ne l'aime plus.

Camille aimait toujours le sien. Elle n'avait pas, comme lui, cette grande imagination qui n'est qu'une éternelle inquiétude; peut-être l'impossibilité d'aimer longtemps un être fini. Son sentiment, à elle, était d'autant plus profond qu'il était plus étroit. Elle n'avait pas une idée qui ne se rattachât à ce sentiment. Comme la plupart des femmes qui aiment, tout ce qui ne se rapportait pas à son cœur l'ennuyait. Les livres même où elle aurait trouvé l'expression de sentiments analogues au sien, ne lui paraissaient que des distractions insipides; et si le sentiment dont elle attendait tout ne la rendait pas heureuse, quelle serait désormais sa ressource ?...

Il n'y en avait pas. Elle était mariée. Sa vie était faite. Elle avait épousé celui qu'elle aimait, — qui l'aimait aussi, ou du moins le croyait-elle encore, — qui lui étendait sous les pieds le manteau de velours de sa tendresse, comme à la Reine de sa vie. Elle s'imputait donc à tort ses longues et vagues tristesses. Elle en accusait son caractère. Cette âme passionnée aurait voulu une caresse de tous les instants, et elle avait pudeur de ce désir. Que de fois, défaillante d'ardeur et de honte, elle posait sa tête sur l'épaule d'Allan sans lui rien dire ! Il l'y laissait, lui, ne se doutant pas que cette femme était bouleversée, la croyant seulement attendrie, et s'il lui mettait ses lèvres au front ou dans les cheveux, sous ces lèvres, à peine effleurantes, la chaste femme n'insistait même pas.

Elle ne demandait plus à Allan pourquoi il était triste. Elle aurait eu peur qu'il lui répondît : « Pourquoi l'es-tu, toi ?... » et elle eût été confondue. Cependant, chaque jour prononçait davantage son malaise. Elle finit par s'avouer qu'elle était malheureuse, et elle pleura, ce jour-là, comme si elle avait fait une découverte.

Ah ! plaignez Allan davantage encore. La volupté le trahissait comme l'amour. Jusqu'ici, toutes les caresses dans lesquelles il avait trahi la vérité de son âme avaient été de vraies caresses ; maintenant, non ! Il s'acculait aux turpitudes du mensonge à froid. Que s'il y pliait sa fierté tant de fois humiliée, c'est qu'après tout, cette femme, il l'avait aimée ; c'est qu'il avait juré devant Dieu de la rendre heureuse ; c'est qu'elle valait mieux que lui ! Mais la généro-

sité ne saurait durer quand il faut feindre. Et,
d'ailleurs, à quoi servirait-elle? Camille était
dupe de l'apparence, mais quand les vies sont
rapprochées et qu'on aime, est-il possible de
l'être longtemps?

Maintenant qu'Allan se détachait de plus en
plus de Camille, sa pensée se retournait involontairement, comme dans sa nuit de noces,
vers les temps où il avait aimé Yseult. Placé entre
ces femmes, il sentait le néant l'atteindre à
travers toutes les deux. Yseult ne l'interrogeait
pas plus que Camille. Ils vivaient donc, tous
trois, leur vie à part, sentant que tous ces liens
de famille qui les unissaient avaient une rup-
ture imperceptible et secrète.

Il y avait donc moins de mouvement que
jamais dans ce marécageux château des Saules.
Des paroles douces et amies dites avec des
voix froides ou menteuses, un embarras presque visible, la peur de se blesser, voilà ce
qu'accusaient les relations de chaque jour. Il
fallait voir toutes ces journées se traîner lentement les unes sur les autres, sans amener le
moindre changement avec elles. Il fallait assis-
ter à ces interminables soirs, dans le salon,
qu'Allan passait à marcher mélancoliquement

de long en large, madame de Scudemor à lisser
ses cheveux sur sa tempe maigrie et creusée,
et Camille à baisser les yeux sur son ouvrage
pour cacher la trace enflammée des pleurs
qu'elle avait versés dans la journée, et qu'elle
pouvait montrer sans crainte qu'on lui deman-
dât ce qu'elle avait eu.

Un soir, les fenêtres étaient ouvertes aux
dernières haleines et aux derniers bruits du
jour. Madame de Scudemor, qui approchait du
terme de sa grossesse, était plus souffrante et
plus affaissée que jamais sur son canapé; Camille plus malheureuse de la froideur de son
mari, qui commençait à percer, malgré lui, dans
leur intimité d'époux; et Allan dans un état
sans nom de fatigue et de désespoir. Il avait
horreur du vide de son âme. Il voulait quelque
chose pour le remplir. Il voulait n'importe
quoi, fût-ce du crime, fût-ce du remords, et il
allait de l'une à l'autre de ces deux femmes,
écorces flétries qui lui étaient tombées de la
bouche et des mains et qu'il ramasserait encore! Mais Camille était la plus dévorée malgré la plénitude de sa jeunesse, la plus flétrie
malgré toutes les splendeurs de sa beauté;
car elle l'avait aimé. Il la savait donc mieux!

Le salon était plongé dans une ombre épaisse.
A peine pouvait-on distinguer madame de Scudemor, écrasée sur son canapé, Camille assise
plus loin, et Allan, qui passait et repassait entre
elles, enveloppé dans son morne silence. La
nappe de lumière qu'épanchait une lune, rouge
comme une tête coupée, qui roulait dans un
coin du ciel, sur le marais, n'envoyait rien de
son sanglant éclat dans ce salon à travers les
jasmins des fenêtres, entre lesquels on la voyait
se lever, sinistre, à l'horizon brumeux. On entendait la note plaintive du crapaud répétée à
courts intervalles dans le silence du marais,
harmonie si résignée, mais si douloureuse!
Depuis quelques jours, Camille avait eu la pensée, qui ne viendrait jamais à une femme
tendre, qu'elle avait montré trop d'amour à
Allan, et qu'elle devait exalter le sentiment de
son mari en voilant le sien davantage. Pauvre
coquette par désespoir, elle s'était donc ren-
fermée en elle-même, avec beaucoup de peine,
mais Allan n'avait pas pris garde à ce changement dans les manières de sa femme! Tout ce
qui l'éloignait d'elle le soulageait trop pour
qu'il risquât la moindre observation de nature
à faire cesser l'éloignement qui le délivrait de

sa présence, et la malheureuse Camille, qui
s'était mise à la torture pour que son mari lui
adressât un mot plus tendre et qu'il s'occupât
d'elle un peu davantage, avait perdu le fruit
de ses cruels efforts : — « Il ne s'aperçoit de
rien, — se dit-elle ; — c'est donc certain qu'il
ne m'aime plus ! » Et les larmes qu'elle sentait
venir lui semblaient le plus pur sang de son
cœur. Ce soir, pour la première fois depuis
leur mariage, Allan était rentré au salon sans
être allé l'embrasser. Cette simple circonstance
la jeta dans un véritable désespoir. Il ne faut
que le raz du vol d'un insecte pour faire déborder le vase quand il est tout plein.

D'abord, ce ne fut qu'une douleur physique
vers le cœur, les yeux conservèrent leur sécheresse. Puis il vint deux larmes épaisses et brûlantes. Puis, comme elle serait morte si cet état
de paroxysme eût duré, les sanglots la prirent,
et avec une telle violence, qu'elle fut obligée,
pour ne pas les trahir, de sortir du salon et de
se retirer dans sa chambre. Allan n'en continua
pas moins de marcher de son pas monotone.
Madame de Scudemor resta dans son attitude.
Allan n'avait rien vu, rien entendu. Il avait,
en ce moment, l'enfer dans le cœur, l'enfer des

passionnés qui n'ont plus de passion et qui en voudraient encore! Il remarqua, quand elle fut sortie, avec joie, la fuite de sa femme. Elle le laissait libre, et une pensée impétueuse et criminelle s'était emparée de ses facultés et subjuguait sa volonté. Après quelques minutes de silence, il s'arrêta debout devant madame de Scudemor. On ne le voyait pas, mais sa voix disait tout :

— « Yseult! — fit-il de cette voix qui n'est plus une voix de gorge, mais de poitrine, et de cet accent bas qu'ont les hommes qui ont la terreur de ce qu'ils vont faire. — Yseult!

— Que me voulez-vous, mon enfant? — lui répondit-elle.

— Pourquoi — fit-il sombrement — m'appelez-vous « votre enfant », puisque je suis le père du vôtre?

— Parce que — dit-elle, avec son indicible noblesse, — je n'ai jamais eu que ce nom-là à vous donner.

— Vous avez raison! » — dit-il, et il tomba comme accablé sur le canapé où elle était assise.

— « Souffrez-vous davantage, ce soir?... — lui demanda-t-il, après un nouveau silence, comme s'il avait eu honte de lui-même.

II.   29

— Oh! Allan, — répondit-elle, avec une in-
tonation qu'elle n'avait jamais en parlant d'elle,
— ce n'est pas moi qui souffre le plus! »

Il comprit, car il resta muet. Mais ce n'était
pas la pitié d'Yseult pour celle qui n'était plus
là, ce n'était pas cette pitié divine, qui pouvait
faire rebrousser le torrent de pensées funestes
qui entraînaient Allan et qui le jetaient au
Démon.

Il se rapprocha de madame de Scudemor, et,
la saisissant brusquement à ce corsage qui ne
résistait plus comme autrefois, mais qui pliait,
mol et brisé, il chercha la bouche d'Yseult
avec sa bouche, dans l'obscurité. Yseult avait
détourné la tête. Le baiser s'égara dans les
cheveux du cou. Allan ne l'y appuya même
pas. Avant qu'il eût pu l'y appuyer, il avait
appris que ces vains élancements étaient une
affreuse ironie, une abominable impuissance,
et que des regrets n'étaient pas même des désirs! Sa dernière tentative pour sortir du vide,
même en devenant criminel, avortait, et, re-
doutant l'indignation d'Yseult, qui s'était dé-
battue sur sa poitrine, il se sauva et courut
s'enfermer dans la bibliothèque, où il ne craignait pas d'être surpris.

Il y resta longtemps, en proie à la rage d'un homme qui se révolte contre son impuissance; il ne sut pas même combien de temps il y resta. Tout à coup, la porte s'ouvrit... C'était Camille, une lampe à la main et en peignoir, gracieuse comme Psyché et triste comme elle; car Psyché, c'est l'âme humaine, toute la douleur de la vie!

— « Allan, — lui dit-elle, en ne le regardant plus, avec ses yeux gonflés et violets, et n'osant plus le tutoyer, — voilà trois heures que je vous attends. Je vous croyais dans le salon avec ma mère; mais, depuis longtemps, elle est couchée. Tout le monde repose. J'ai couru le château ainsi pour voir ce que vous étiez devenu. Cela ne vous fait donc rien de m'inquiéter? »

Elle était devenue douce, cette violente!

— « Pourquoi être inquiète? » — répondit-il durement, quoiqu'il voulût réprimer sa colère.

Et elle répliqua, avec une douceur angélique :

— « Parce que vous ne reveniez pas! » — Mot plein d'un reproche qu'il ne comprit point. Il ne comprit pas qu'elle fût inquiète d'une chose si simple, de ce qu'il ne revenait pas...

— « Calmez vos terreurs d'enfant, — lui
dit-il maussadement, — et remontez chez
vous. Je vais vous y rejoindre dans quelques
instants.

— Quand vous voudrez, mon ami, — répondit-elle. — Vous êtes le maître. Pardonnez-
moi seulement d'être descendue... » Et elle s'en
allait lentement, en laissant la lampe sur la
table.

Il fut touché de cette résignation :

— « Camille, — lui dit-il, comme elle s'éloignait, — vous vous en allez donc sans me souhaiter le bonsoir ? »

Elle lui tendit son front comme une petite
fille, et répondit, en retenant ses larmes :

— « C'est que je ne dormirai pas, quand
vous viendrez... »

Mais ces attendrissements rapides ne chan-
geaient rien à l'état d'âme d'Allan. Au contraire, ils augmentèrent son angoisse. Il se
rappela que cette vie, dont il s'était chargé, il
n'avait ni la force, ni la volonté de la rendre
heureuse. « Toutes ces lâches fourberies me
pèsent! — pensa-t-il. — Il faut que j'avoue tout
à Yseult. » Et il se mit fiévreusement à lui
écrire, cherchant, comme toutes les âmes qui

n'en peuvent plus, du soulagement dans des
aveux.

En cette horrible lettre, il lui disait : « Je
n'ai pas peur d'être dur vis-à-vis de Camille,
elle qui m'aime tant! Je n'ai pas peur de son
désespoir! Je n'ai peur, Yseult, que de ton
mépris! Voilà ce qui m'empêche de me tuer.
Toi qui as souffert autant que moi et qui n'es
qu'une femme, toi qui aurais pu, en versant
quelques gouttes d'opium dans une cuiller à
café, t'endormir mollement sur ton oreiller de
mousseline un des soirs de tes cruels jours et
ne pas te réveiller le lendemain, et qui ne l'as
pas fait, tu aurais droit de me mépriser si je
me tuais. Tu es toute ma fierté, Yseult! Je n'en
ai plus d'autre que toi.

« Je te comprends, maintenant, Yseult! je
comprends le mal de n'aimer plus... Tu ne me
paraissais qu'une femme malheureuse, mais je
sais à présent combien tu l'étais. L'expérience,
et non tes paroles, me l'a appris. Souffrir,
quand on aime, c'est doux et bon, car c'est le
bonheur du martyre; mais souffrir de ne plus
aimer, voilà le malheur de la vie! Mal bien
grand, car on meurt d'aimer, et on ne meurt
pas de n'aimer plus!

« As-tu été comme moi, Yseult? As-tu voulu
aimer encore et as-tu senti que tu ne pouvais
pas? Est-ce là un état qui passe? En guérirais-
je? Dis-le-moi! Toi, tu es calme comme la mort,
mais est-ce ainsi que ton dernier amour t'a
faite?... Avant d'arriver à cette stupidité de la
tombe, as-tu désiré d'aimer, regretté d'aimer,
mais en vain? Tu ne me l'as jamais dit, Yseult!
Être inerte, mais être, c'est encore souffrir;
mais ne pas *vouloir* être inerte, se débattre
contre le marbre qui vous monte jusqu'à la
poitrine et sentir le marbre plus fort que la vie,
quoiqu'il ne puisse pas l'étouffer, as-tu souffert
aussi de cela?...

« Si tu en as souffert, Yseult, tu n'avais pas
besoin de lutter sur ma poitrine, il y a deux
heures! Tu as manqué à ton expérience. La
peur t'a prise comme une femme vulgaire, ô
grande Yseult! Je ne sais quel brute et scepti-
que instinct est revenu tout à coup t'émouvoir.
Toi qui ne peux plus être souillée, toi qui sais
que l'âme seule peut l'être, que craignais-tu? Tu
ne croyais donc plus en toi?... Vois! mes bras
n'ont pas achevé l'étreinte. Ma bouche n'a
effleuré que tes cheveux. Tu ne m'es plus rien,
pas même une femme! Si tu le savais, pourquoi

tremblais-tu ? Ah ! j'espérais, j'espérais que tout n'était pas fini. J'avais tant pensé à toi sur le cœur même de Camille ! Je lui avais tant de fois été infidèle pour toi dans mes souvenirs, que je croyais retrouver une émotion du passé auprès de toi, — l'horrible bonheur d'être coupable ! Mais non ! non ! cœur et destin sont inflexibles. Je voulais l'inceste, et ni mon cœur, ni mes sens n'ont eu la force de le consommer.

« Yseult, je suis las de ta fille. Toute cette chair me gêne à respirer auprès de moi, la nuit. Toute cette âme me fatigue à torturer le jour. Hélas ! cette lassitude est vaine ; mon métier de bourreau, je ne puis l'abjurer pour elle. Sa beauté ne lui a pas été une garantie. Pourtant, tu t'en souviens, Yseult, j'aimais tout ce qui était beau en toi, autrefois ! Tu n'as plus rien de pareil aujourd'hui. Tu ne m'as jamais aimé. Tu es vieille. Tu souffres. Tu es sur le point d'accoucher. Je ne t'aime pas plus que ta fille. Pourquoi donc, dans l'horreur de mon néant, suis-je retourné de ta fille à toi ? Ah ! misérables que nous sommes, savons-nous seulement nous tromper ? Il me semblait que mes souvenirs étaient du feu ; il faisait nuit ; je ne te voyais pas, Yseult. Même ces sens imbécilles

ne pouvaient pas s'épouvanter... Oh ! s'il avait
fait jour, si nous nous étions vus, n'est-ce pas
que nous, les savants sur le cœur et ses incompréhensibles bornes, nous nous serions ri à la
figure tous les deux?... »

XVII

ETTE lettre calma un peu Allan. Il avait dit *nous* à celle dont il avait respecté longtemps la haute infortune, et ce *nous* lui fit quelque bien. Repliement de la vanité! Il eut l'orgueil du coup qui le foudroyait. Avant de tomber si bas, il avait un mortel dégoût de sa souffrance; maintenant, elle lui parut plus poétique, et, de fait, elle l'était. Le côté poétique des douleurs humaines, c'est leur côté infini.

Mais à se grandir jusqu'au niveau d'Yseult de Scudemor, à jeter sur sa situation longtemps

maudite et enfin acceptée le regard concen-
trique de l'orgueil, ce qu'il y avait de générosité dans ses relations avec Camille disparut.
Il l'oublia, quoiqu'elle ne fût pas absente. L'indifférence est l'absence de ceux qui sont là.
Tutoiements et baisers ne furent plus que les
banalités familières d'un mariage sans signification et sans douceur. S'il avait été dur pour
sa femme, il cessa de l'être. Les indifférents
sont si doux! Hélas! ce ne fut que plus cruel
pour elle. Mais l'homme a tant besoin de sin-
cérité dans sa vie, que, tôt ou tard, tout est
trahi de ce qu'il avait voulu faire un secret!

Les dernières larmes qu'il versa, il les avait
répandues avec Camille, un jour, dans une
promenade silencieuse. Ce jour-là, elle pleura
comme lui, et ni l'un ni l'autre ne se demanda
pourquoi les larmes muettes dont il était
témoin. Nul baiser ne les essuya, et ils ne
détournèrent pas le visage pour mutuellement
se les cacher. Toute question était inutile... Ils
s'étaient aimés, ils avaient vingt ans, et à peine
un mois de mariage! Quelle était la plus malheureuse de ces jeunes créatures, — de celle
qui ne se savait plus aimée, ou de celle qui
sentait ne pouvoir plus aimer désormais?...

Mais Allan ne pouvait se détacher aussi vite
de cette vie sensible qui tarissait en lui, et il
essayait de se donner le change, quoiqu'il ne
se rejetât pas à l'amour : — « Soyons, — disait-il
à Yseult, avec laquelle il passait une partie des
journées, pendant lesquelles il oubliait sa
femme qui ne descendait plus que rarement
au salon, — soyons, du moins, amis par la pensée, si nous ne pouvons plus l'être par le cœur.
Traversons la vie solitaires, sans rien lui demander de ce qu'elle ne nous a pas donné. Jugeons-la
sans lui reprocher nos espoirs trahis. Je veux
accepter comme toi, Yseult, ce détachement de
toutes choses qui s'est fait plus tôt et plus complet en nous que dans le reste des hommes.
Marchons, comme deux frères d'armes, à
travers la mêlée humaine, sous le froid acier
de nos armures trempé dans les angoisses de
la vie, et restons amis et camarades du même
malheur. Le veux-tu?... Que je t'aie aimée,
Yseult, que tu aies été pour moi ce que le
monde appelle une maîtresse, qu'importe?
Que tu sois la mère de Camille, qu'importe
encore? Dominons ces liens brisés dans lesquels
nos âmes n'ont pu vivre. Laissons à d'autres,
plus heureux que nous, le respect de la famille

et la religion des souvenirs! L'amour nous a
abandonnés, désolés et vidés de ce qu'il n'ar-
rache pas aux autres en les abandonnant
comme nous. Mais ne saurais-tu pas, Yseult,
être quelque chose de plus ou de moins que ce
que tu m'as été autrefois?... N'y a-t-il, entre
l'homme et la femme, que les rapports
d'amant à amante? N'y a-t-il pas plus grand
et plus beau? Ne peux-tu devenir ma sœur
par la pensée, comme je suis ton frère par la
souffrance? Ne pouvons-nous pas nous retrouver
dans ces immensités qui nous appartiennent :
la réflexion et la douleur? Quoi! parce que le
cœur a cessé de battre, parce que les organes
ont défailli, parce que Dieu n'a pas voulu que
l'amour durât autant que la vie d'un homme,
on ne vivrait plus, passé l'amour? Mais notre
nature n'est-elle donc pas spirituelle? L'intelligence n'a-t-elle pas de chastes embrassements?
Se lasse-t-elle, comme nos faibles bras, à retenir
le but vers quoi elle aspirait, quand une fois
elle l'a atteint? Ce n'est plus du bonheur, je
le sais, mais c'est un état plus triste, plus
idéal et plus fier. Les hommes ne l'ont pas
nommé parce qu'ils l'ignorent. C'est l'union
de deux âmes éprouvées dans la compréhension

de la vie. Ah! j'ai lu quelque part, dans un grand poète, un mot digne de la foule impure : c'est que ceux qui s'étaient aimés ne pouvaient plus s'aimer quand l'amour avait fui, et que le sentiment qui avait partagé le ciel à deux pauvres créatures était toujours suivi de la haine, de l'oubli ou de la honte, dans leurs âmes. Cela serait-il vrai, grand Dieu? N'y a-t-il pas des femmes par le monde, des femmes plus fortes et plus vraies que les lâches courtisanes de cœur dont les chemins sont pavés et qui, braves seulement comme à l'Opéra, avec un masque partout ailleurs, quand elles veulent avoir la hardiesse de porter leur *moi* sur leur face, apostasient tous les sentiments de l'amour dans des repentirs d'apparat et de comédiennes vertus? Et s'il n'y en a qu'une forte et vraie, Yseult, que ce soit toi! Ce désintéressement de toute joie sensible, mets-le entre moi que tu n'as pas aimé et toi qui t'es pourtant donnée! Signons ce hardi pacte d'alliance, et donnons cet exemple au monde! Il est assez stupide pour s'en étonner, mais il s'en étonnerait bien davantage, s'il savait à quel amour va succéder cette intimité, plus haute et plus rare que l'amour! Peut-être même la

calomnierait-il?... L'homme est si profondément vil, qu'il fait des viletés des actions qu'il
ne comprend pas, parce qu'ainsi il est toujours sûr de les comprendre. Mais nous, les
insultés du monde, nous nous rapprocherions
davantage l'un de l'autre, trop vieux et d'une
trop fière insouciance pour nous donner les airs
du martyre sous tous ces index levés sur nous
avec mépris ! »

Mais, à ce jeune homme épris de la force,
— la plus belle chose qu'il y ait dans le monde
après la vertu ! — à cette imagination de poète
qui parlait si ambitieusement de donner au
monde un noble spectacle et qui se drapait de
si haut dans la douleur solitaire et les méprisantes huées de la foule, la femme découragée
répondait :

— « Ce que vous me proposez n'est plus
possible, Allan ! Non ! cela même, Allan ! pas
même cela ! Vous vous imaginez, ô poète, que
ce serait plus beau que l'amour, cet incompréhensible sentiment qui ne serait plus l'amour,
mais qui serait, croyez-moi ! le désir de l'amour
encore, un désir insensé, qui s'élève fatalement
de nos désespoirs les plus grands. Quand donc
le cœur se corrigera-t-il d'enfanter cette illu-

sion éternelle! Vous ne savez donc pas qu'il
n'y a que le sentiment qui rapproche? Que me
parlez-vous de la pensée! Penser isole et concentre. La pensée est un triple glaive, qui fait
l'espace autour de soi. J'ai la main trop lasse
pour soulever cette arme. Et, d'ailleurs, être
frère et sœur comme vous l'avez dit, mon
enfant, c'est encore s'aimer, et je ne saurais.
Vous êtes un homme, vous! Vous avez des
facultés actives et fraîches. Les miennes sont
énervées et ne s'élèveraient pas jusqu'à la hau-
taine et sublime sagesse que vous rêvez. Vous
avez raison, cependant, il y a quelque chose
d'imposant et de sincère dans la conduite de
celles qui disent tout haut au monde : « J'ai
été la maîtresse de cet homme, et ne plus l'être
ne nous a pas séparés. Nous n'avons pas fait
comme ceux-là qui, furtifs, se glissent du seuil
mystérieux dans l'ombre, essuyant leurs bouches avec des mains frissonnantes, comme s'il y
était resté quelque trace vengeresse et honteuse. » Hélas! ce rôle, qui m'aurait tentée à
une autre époque, ne me va plus. Vous m'avez
toujours exagérée à moi-même, mais, Allan,
vous finirez par croire en ce que je suis! »

Ainsi, elle refusait tout, parce qu'elle n'était

capable de rien. Le dernier enthousiasme de l'homme — l'enthousiasme de l'orgueil! — se brisait contre la réalité de son infortune. Arrivé là, Allan fut sur le point de la mépriser, mais il n'en eut pas le courage. Cette tête dévouée lui imposait. Le mépris d'Allan devait-il atteindre plus tard cette malheureuse Yseult pour compléter la somme d'amertumes qui avaient empoisonné sa destinée, et démontrer, une fois de plus, l'ingratitude native et impérissable du cœur humain?

XVIII

UNE nuit, — une nuit d'été et d'orage, où la chaleur accablait et rendait le sommeil aussi profond qu'une apoplexie, Allan se souleva dans l'obscurité et se mit à écouter si Camille dormait à côté de lui. Souvent il l'avait crue endormie qu'elle veillait, pleurant dans les ténèbres. Il l'appela avec précaution et à plusieurs reprises, et, voyant qu'elle dormait, il sortit du lit et s'habilla à la hâte.

Il regarda machinalement à travers les fenê-

tres. Le ciel était d'une couleur de cuivre, avec
d'épais nuages par place, et, de seconde en
seconde, un pâle éclair filait à l'horizon, suivi
d'un grondement rauque et sourd. Les saules
du marais étaient immobiles. Pas un bruit que
ce tonnerre lointain ne venait du dehors.
C'était une nuit solennelle et inquiétante pour
Allan ; car, en s'approchant, le tonnerre pourrait bien réveiller Camille. Aussi disposa-t-il
les oreillers autour de la tête de sa femme de
manière à intercepter le bruit de l'orage. Elle
pouvait étouffer de chaleur concentrée sous les
oreillers entassés autour d'elle ; déjà même une
sueur épaisse lui coulait du front et Allan la
sentit mouiller sa main qui l'effleura par
hasard ; mais il n'eut aucune pitié. Il poursuivit
ses arrangements et il baissa les rideaux du lit
et des fenêtres, dont les éclairs ne traversèrent
pas les tissus.

Puis il sortit, sur la pointe du pied, comme
un coupable. Il avait déjà passé nuitamment
et en se cachant dans ces longs corridors, où
la résonnance de ses pas le faisait, malgré lui,
tressaillir. Mais l'état actuel de son âme ne lui
rappelait guères ce qu'il était alors... Il ouvrit
la même porte qu'il avait tant de fois ouverte

à pareille heure, et il entra chez madame de
Scudemor.

Elle était étendue sur son lit, un châle noué
négligemment autour de la tête, qui pendait
hors de sa couche et qu'elle s'efforça de relever.

— « Eh bien ? — lui dit-il, en la soutenant
avec effroi.

— Eh bien, — fit-elle, — voilà quatre heures
que je souffre des douleurs atroces ! Ce n'est
rien que de souffrir, mais je tremble pour la
vie de cet enfant, et il faut que vous alliez chercher un médecin.

— Un médecin ? — répondit-il avec étonnement.

— Oui ! un médecin, mon ami, — continua-
t-elle. — Je souffre tant que j'ai l'idée qu'on
ne m'accouchera qu'avec le fer. C'est sur quoi
ni vous ni moi n'avions compté, mais cela ne
doit pas plus nous effrayer que si nous y étions
préparés. Il y a au village voisin un médecin
dont on fait l'éloge. C'est un homme simple
et doux. Allez le chercher bien vite et amenez-
le-moi secrètement ici. »

Allan se prépara à obéir, mais il ne disait
pas la pensée qui le préoccupait. Yseult la
devina en le regardant.

— « Eh quoi, — fit-elle, — voilà que déjà votre philosophie vous abandonne! Que sont devenues ces mâles paroles que vous faisiez sonner si haut l'autre jour? Allons donc! mon ami, pourquoi ce trouble? Que me font les jugements des hommes? Croyez-vous que je tienne à l'opinion de qui que ce soit?

— Rien ne peut m'étonner de vous, » — répondit Allan avec respect, et, après avoir baisé la main moite et froide qu'elle lui tendit, il sortit avec les mêmes précautions qu'il était entré.

C'était une chose à saisir l'âme, que cette femme, tordue par la douleur pendant les longues heures de la nuit, et à qui il n'échappait pas une plainte dans sa solitude. Personne n'était là qui pût l'entourer de ces soins que son état semblait exiger, personne, — pas même une femme à gages qui relevât les bords inclinés du lit. Abandonnée de Dieu et des hommes! Et si une de ses femmes était entrée par hasard, croyant *que Madame avait sonné,* elle aurait lié plus étroitement sa couverture autour d'elle, et, forçant ses traits contractés à une impassibilité insignifiante, elle aurait dit tranquillement à celle qui l'aurait soulagée :

« Non ! je n'ai pas besoin de vous. » De temps
en temps, elle allongeait son bras nud sur le
somno, où se trouvait un flacon qu'elle respirait pour ne pas entièrement s'évanouir. Le
tonnerre étendait de plus en plus sa voix basse
et pleine, et les éclairs, qui se succédaient avec
rapidité, coupaient incessamment la lumière
faible et recueillie de la veilleuse, et jetaient
leur éclat de phosphore sur cette tête d'une
pâleur bleuâtre, où la vie ne se trahissait plus
que par l'empreinte de la souffrance. Sa noire
paupière tombait lourdement sur son œil éteint,
et le creux d'un coup de ciseau semblait
entourer les narines. Fier spectacle, que cette
lutte silencieuse contre la douleur, que cette
torture à huis clos, lorsque la nature, au
dehors, mugissait avec furie ! L'Immense, le
Fort, l'Éternel, la Création criait sa terrible
plainte ; le Borné, le Faible, le Mortel, la Créature taisait la sienne. Les muets déchirements
de cette femme étaient plus augustes que ceux
du ciel.

Allan revint, au bout d'une demi-heure,
avec le médecin, qu'il avait conduit à grand'-
peine à travers l'obscurité des escaliers et des
corridors. Ce brave homme avait été fort

étonné en voyant monsieur de Cynthry venir
le chercher lui-même, à une pareille heure.
Mais ayant dans sa timidité le sentiment des
convenances, il avait suivi Allan sans hasarder
une question. La manière furtive dont il était
introduit au château lui démontrait suffisamment qu'on avait compté sur sa discrétion.
Mais son étonnement n'eut plus de bornes,
quand il s'approcha du lit de madame de Scudemor et quand Allan lui dit, les yeux baissés
de fierté souffrante pour Yseult : « Voici la
malade, Monsieur. »

Yseult souleva pesamment les cils à cette
voix, mais les yeux manquaient du regard qui
fixe. Ils étaient vagues et comme déteints, et
ils semblaient nager dans une humidité
opaque. Elle les tourna vers le médecin et elle
lui dit :

— « Je suis revenue enceinte d'Italie, Monsieur. Je devais cacher mon état à ma fille. Mon
gendre, monsieur de Cynthry, et vous, que j'ai
fait appeler auprès de moi, vous êtes les seuls
à qui j'aie confié mon secret. »

Et sa manière simple était si imposante, que
sous ses yeux sans regard le médecin baissa les
siens à son tour. Il y avait en Yseult un naturel

devant lequel les esprits vulgaires ne se per-
mettaient pas leur mépris bête. Avec un mot,
avec un geste, elle se posait en un clin d'œil
.au-dessus de toutes les condamnations.

Les prévisions de madame de Scudemor ne
l'avaient pas trompée. L'accouchement mena-
çait d'être excessivement dangereux. Il fallut
employer le forceps.

Un frissonnement nerveux s'empara d'Allan,
appuyé contre une des colonnes du lit et qui
regardait Yseult en proie aux crispations les
plus violentes, quand il vit le médecin empoi-
gner l'acier froid et bleu. Il crut en sentir les
morsures. D'instinct, il détourna le visage.
Yseult, qui jugea son mouvement, lui dit, avec
son sourire d'habitude : — « Allan, retournez
auprès de votre femme. J'ai peur qu'elle ne se
réveille. Monsieur est là. Je n'ai plus besoin
de vous maintenant. »

Mais Allan refusa de la quitter. Il voulut
même la soutenir pendant l'opération cruelle.
Il lui fit un coussin de sa poitrine pour sa tête,
autrefois si belle et tant aimée, méconnaissable
alors de vieillesse hâtive et d'angoisse, mais
qui, dans ce moment, respirait un si grand
caractère, que rien ne pouvait l'effacer. Il était

cause du mal qu'elle endurait! Il avait remords
de chaque douleur. Cependant, la tempête était
arrivée à son plus haut point d'énergie. Le
tonnerre roulait avec un épouvantable fracas...
Le ciel entrevu à travers la fenêtre était noir,
et le vent et la pluie faisaient rage. Cependant,
le temps s'écoulait. Les forces d'Yseult s'épui-
saient et l'enfant n'arrivait pas. Le médecin,
le front gonflé, les veines en saillie, penché
jusqu'à toucher de la tête le sein de madame
de Scudemor et pâle autant qu'elle, poursuivait son labeur avec une sorte d'effroi de tant
de résistance et attaquait de plus en plus vivement l'organisme rebelle... « Eh bien, Monsieur? » disait de temps en temps Allan au
médecin, qui ne répondait pas, qui ne soulevait
pas la tête, mais qui la hochait avec inquiétude... Tout à coup, voilà qu'il s'arrête, comme
frappé d'une idée subite. Un découragement
l'a saisi. Il regarde Allan d'un air sinistre et
fait un pas pour l'entraîner hors de la portée
de l'oreille d'Yseult. — « Je vous entends, Monsieur, — dit Allan. — S'il n'y a qu'un parti à
prendre, tuez l'enfant et sauvez la mère! »

Mais Yseult était déjà dressée du milieu des
couvertures sanglantes où elle gisait, pâle et

inanimée. Elle en avait trouvé la force. — « C'est
moi, Monsieur, qui dois mourir ! » — s'écria-
t-elle, et son action était impétueuse et son
front s'était éclairé d'une joie soudaine. Elle
retomba et elle répéta encore : — « C'est moi qui
dois mourir ! » — avec insistance. — « C'est le
cri de la mère ! » — dit à Allan le médecin, abusé
par cette étonnante énergie dans le brisement
universel des organes. Pauvre homme ! qui ne
voyait pas plus loin que le sentiment maternel.
Hélas ! c'était le cri de la malheureuse. Pour
Allan, ce cri résumait toute une vie. Il n'eut
pas le courage de s'opposer au désir d'Yseult.
Il ne se crut pas le droit de lui ôter ce dernier
espoir de délivrance. Peut-être pensa-t-il aussi
à son enfant? Quoi qu'il en soit, il répondit au
médecin, qui, du regard, l'interrogeait encore :
— « Faites comme elle veut, Monsieur ! » —
Et il se cacha le visage dans ses deux mains.

Le médecin se recueillit un instant, puis,
comme chaque moment perdu exposait deux
vies au lieu d'une, il se remit à agir. Cela dura
longtemps. Mais enfin l'enfant jaillit, dans un
flot de sang de sa mère.

Elle était évanouie tout à fait. Allan, dont
les sensations étaient inexprimables, reçut, avec

un visage qu'il s'efforçait de rendre calme, cet
enfant qui était le sien et qu'il n'osait pas
embrasser. Il le plongea dans la cuvette où le
médecin versa l'eau tiède. Il l'essuya et l'enve-
loppa dans une mante de soie qu'Yseult avait,
ce soir-là, oubliée au dos d'un fauteuil. Malheureux père! obligé, pour donner le premier
baiser à son enfant, d'épier si le médecin,
occupé d'Yseult, ne pouvait pas l'apercevoir!

Cependant, madame de Scudemor reprit peu
à peu connaissance. A peine eut-elle r'ouvert
les yeux, qu'elle dit au médecin :

— « L'enfant est donc mort, puisque je vis?...

— Non! Madame, — répondit-il, — l'enfant
n'est pas mort. » — Et Allan, les larmes aux
yeux, le déposa sur le lit de sa mère.

— « Oh! Monsieur, — reprit madame de
Scudemor, avec une expression de regret bien
triste, — faut-il que votre habileté ait surpassé
vos craintes?

— Madame, — répliqua le médecin, qui
commençait à comprendre le désespoir d'un
malheur consommé où il avait mis la tendresse
maternelle, — ne me faites pas de reproches.
J'ai fait ce que vous avez voulu. »

Yseult le remercia avec le sourire d'une

grâce reconnaissante et attendrie. Elle respira
plus à l'aise, en sentant se détacher d'elle cette
agrafe de la vie qui l'avait si longtemps blessée,
cette chlamyde trop étroite pour les puissantes
dilatations de son âme. Elle se savait blessée a
mort. — Et le bon médecin comprit peut-être
que ce n'était pas la mère qui avait demandé
à mourir !

XIX

E jour commençait à s'élever et
l'orage avait versé sa dernière
ondée. Une lumière rose envahis-
sait le ciel du côté opposé au
soleil, qui montrait la moitié de son globe à
l'horizon. Quelques nuages, emportés par un
vent frais, laissaient échapper de leurs flancs
de vagues et lointaines résonnances, — comme,
après que la peine est passée, il nous reste
encore des soupirs. Sur la route de Sainte-
Mère-Église, les épis, gros de pluie, étincelaient
aux premiers rayons du soleil, et formaient

comme un océan de lumière qui rit dans les
ondulations de ses vagues. La nature ressemblait à une femme au sortir du bain, qui tord
dans la paume de ses mains contractées ses
cheveux, trempés encore d'écume, et qui les
égoutte. Les parfums du thym et du serpolet
des fossés se fondaient mieux dans l'air vivifié
par l'orage. A cette heure matinale où le son
a une portée plus grande encore peut-être que
dans la nuit, on entendait chanter les coqs des
habitations les plus éloignées. Le mendiant —
ce nomade d'une civilisation impuissante —
quittait la grange où, la veille, on lui avait
donné asile, fermait sans bruit la barrière de
la cour des fermes et s'éloignait sur la route,
dont la pluie avait foncé la teinte rougeâtre,
avant que les gens de ces campagnes eussent
recommencé leurs travaux.

Alors, couché près de Camille, Allan pensait
à Yseult, qu'il avait bien fallu laisser seule pour
revenir près de sa femme, à laquelle il devait
tout cacher. Il avait appris du médecin, qu'il
avait reconduit à la grille du château, que la
mort d'Yseult n'était pas imminente, grâce à la
force dont elle était douée, et que sa vie pouvait se prolonger pendant quelques jours.

Cette considération seule — et non l'ordre de
madame de Scudemor — l'avait décidé à la
quitter et à retourner dans la chambre de sa
femme. Par le plus heureux des hasards, celle-
ci ne s'était pas réveillée.

Le repos dont Yseult avait un tel besoin
après des secousses si violentes, ne fut que
l'atonie de la fatigue. Quand le jour commençait à noyer la flamme jaune de la veilleuse
dans ses blanches et vives splendeurs, elle
contempla avec douceur, sinon avec tendresse,
l'enfant posé sur son sein. C'était une fille.
Elle aurait mieux aimé que ce fût un fils; car
elle savait que les femmes les plus fortes suc-
combent toujours dans leur combat avec le
monde, — héroïnes que le nombre abat. — « Si
j'avais la superstition des bénédictions, —
pensait-elle, — je te bénirais, ô ma fille, pour
m'avoir condamnée par ta naissance à mourir! »

Ce jour-là et les suivants, on sut, aux Saules,
que madame de Scudemor était malade à
garder le lit. Ses femmes de chambre firent le
service autour d'elle; Camille, elle-même,
vint la voir dans le jour à plusieurs reprises;
et personne ne se douta qu'un enfant dormait

là, caché sous la couverture de sa mère. Lorsque cet enfant allait se réveiller, Yseult trouvait bien un motif pour éloigner les personnes
qui étaient dans la chambre. Sa manière d'être
habituelle, sérieuse et très retirée, écartait
aisément tous les soupçons. Le médecin qui
l'avait accouchée fut mandé officiellement au
château. Il dit à Camille que l'état de sa mère
était grave, mais il ne le précisa pas.

C'était Allan qui restait le plus avec la
malade. Il s'obstinait à ne pas la quitter, sous
un prétexte ou sous un autre, quoiqu'elle
insistât pour qu'il s'en allât aussi. En effet, si
Camille n'avait pas été absorbée dans la pensée
désespérante que son mari ne l'aimait plus,
qu'aurait-elle pu croire en voyant Allan sans
cesse au chevet de sa mère, qui voulait souffrir toujours seule, et qui l'écartait, elle, si souvent?... Mais Allan, qui avait tant trompé,
était à bout du triste courage de la prudence.
Peu lui importait ce qui devait suivre. — « Tout
finit par se décider ! » — se disait-il, et il ne recu-
lait pas devant le moment qu'il avait jusque-là
envisagé avec épouvante... Il aurait volontiers tout avoué à Camille. Et s'il se taisait, s'il
prenait des précautions encore, c'était pour

Yseult, c'était pour Camille, c'était de peur de
profaner le rapport qui existait entre la fille
et la mère; mais, à coup sûr, ce n'était pas pour
lui qu'il les prenait.

Cependant, comme l'état dans lequel se
trouvait madame de Scudemor offrait des dangers que le médecin n'avait pas cherché à dissimuler, et qu'elle pouvait avoir besoin de quel-
qu'un la nuit pour la veiller, Allan dit à sa
femme que ce serait lui qui veillerait auprès
de sa mère : — « Je dois faire pour ta mère —
lui dit-il — ce que tu ferais toi-même, si tu
n'étais pas dans une situation qui demande
une foule de ménagements. » — Il voulait faire
allusion à sa grossesse, et il n'avait pas la force
d'en parler autrement. Heureux mari, n'est-ce
pas ? que celui qui n'ose pas parler à sa femme
enceinte de l'enfant qu'elle a dans son sein,
entre deux baisers et en se servant des appel-
lations charmantes de ces familiarités divines.
Allan en parlait comme un étranger de bon
goût. Camille, à qui toutes les décisions étaient
indifférentes depuis qu'elle avait découvert que
son mari ne l'aimait plus, eut l'air de trouver
cette conduite fort simple et ne hasarda pas
une question. Peut-être l'infortunée pensa-

t-elle que pendant les nuits solitaires elle serait
plus libre de pleurer?

Allan consacra donc les siennes à Yseult. Il
veillait dans cette chambre de malade comme
s'il n'avait pas été un homme, mais une tendre
femme. Il est vrai qu'il pouvait jouir à l'aise
de l'ivresse d'être père. Le poids de sa fille sur
ses genoux allégeait bien des fatigues. La pitié
que lui inspirait Yseult se perdait dans les contemplations muettes et incessantes de la petite
créature, et sa mère était oubliée. Le dernier
sentiment de l'homme qui l'avait aimée était
arraché à Yseult par son enfant. Plus d'une
fois, du lit où elle gisait, en le voyant, au reflet
de la braise du foyer, penché sur le front de
l'enfant endormie, cette idée lui vint et elle
n'en soupira même pas.

La fille d'Yseult écumait de vie. Elle était de
la forte race de sa mère. — « Et toi aussi, —
lui dit-elle un soir, en l'entourant de ses langes,
— la douleur ne te brisera pas en un jour! » —
Allan admirait la beauté de sa fille; car déjà
on pouvait deviner qu'elle serait belle comme
toutes celles (loi mystérieuse!) qui sortent
d'unions furtives et coupables. Pourquoi donc
ce que les hommes flétrissent produit-il ce

qu'il y a de plus beau ici-bas? Allan était à
genoux sur le tapis, au bord du lit de madame
de Scudemor. Le châle qui enveloppait les
cheveux d'Yseult venait de se dénouer dans le
mouvement qu'elle avait fait pour soulever son
enfant. Ses cheveux, si longs et si épais, dont
la luisante noirceur s'était évanouie sous les
grandes et inflexibles pâleurs de l'âge qui
montent plus haut que le front envahi, ses
cheveux, gris comme un crépuscule, retom-
baient mélancoliquement sur ses épaules,
comme s'ils avaient pleuré sur elle.

— « Bientôt, elle se passera de moi, — disait-
elle à Allan, en lui montrant l'enfant pendant
à sa mamelle flétrie. — Dans deux ou trois
jours, vous irez la porter à quelque nourrice des
environs, qui aura mieux à lui donner qu'un lait
rare dans un sein tari. Vous veillerez sur elle,
Allan, car vous l'aimez déjà, je le vois, et puis-
siez-vous lui conserver longtemps cet amour!

— Croyez-vous — lui disait Allan — qu'on
puisse se détacher de son enfant, quand on a
commencé de l'aimer?...

— On se détache de tout, mon fils, — lui
répondait-elle. — J'ai commencé par aimer
Camille. Elle ne fut point le fruit d'une

volupté solitaire. Le père de Camille fut aimé de moi. Mais un dernier amour, plus dévorant que tous les autres, me fit maudire le jour où Camille était née. Savez-vous que souvent, avec Octave, quand il me disait de ces mille choses qui ne sont rien et qui sont tout, et qui composent l'intimité de la vie, et que je le voyais rouler ses doigts dans les cheveux de ma fille, il fallait que je luttasse abominable-ment contre moi-même pour ne pas briser sa tête innocente sur le pavé ! Depuis, quand mon amour pour Octave mourut comme les autres, je vous l'ai dit, toute ma puissance d'aimer était anéantie. Mais ne l'aurait-elle pas été, l'affection n'est pas une chaîne que l'on puisse rompre et reprendre. Je vous en atteste, vous, Allan, qui m'avez aimée ! avez-vous pu me ré-aimer une seconde fois?... Non ! c'est à jamais qu'on se sépare, et tous les adieux sont éternels. Pourquoi donc cette enfant que voilà, Allan, ne vous deviendrait-elle pas un jour odieuse? Pourquoi ne vous devien-drait-elle pas indifférente? Un amour nouveau peut naître en vous, et alors, que pèse l'enfant le plus aimé dans le cœur contre l'accablant amour qui est revenu y tomber?

— De l'amour?... Non ! — murmurait Allan.
Car il n'osait pas l'affirmer devant cette femme
dont il avait aimé la fille, malgré tant de tourments perdus...

— Vous êtes si jeune encore, mon fils, —
reprit Yseult, — et l'on se croit plus d'une
fois le cœur éteint qu'il n'est qu'assoupi. Mais
ne vous abuseriez-vous pas sur vous-même,
l'affection du père n'est-elle pas aussi fragile
que toutes les autres affections? Et n'est-il pas
écrit dans toutes les destinées humaines, —
ajouta-t-elle, en laissant à son front la trace de
ses ongles, — que tout ce qui rend heureux
ne doit pas durer? »

Allan ne répondait point à ces paroles fatales, mais il avait en son âme un écho qui
répondait pour lui.

— « Et ce n'est pas moi qu'il faut en croire,
Allan, — reprenait-elle, — mais ces horribles
effrois qui sont des instincts ou de l'expérience,
et qui ne trompent pas ceux qu'ils avertissent.
Vous ont-ils trompé déjà?... Vous avez aimé
Camille et vous avez été aimé d'elle. Eh
bien, n'avez-vous pas senti que cet amour
s'en allait?... Que ce bonheur séchait plus
vite qu'une goutte de rosée au soleil?...

Qu'en vain on s'entrelaçait davantage, on ne pouvait pas le retenir?... Et vous vous êtes replongé plus avant dans les caresses, tant qu'enfin le jour est arrivé où vous n'avez plus souri de vous-même, et où la caressé dans laquelle vous vouliez vous perdre tout entier ne montait plus à la poitrine!

« Ne baissez pas la tête ainsi, Allan! je n'accuse ni ne réclame, pas plus au nom de ma fille qu'au mien. Je vous plains, vous qui ne l'aimez plus ; mais je la plains bien davantage, elle qui vous aime et qui n'est plus aimée. Vous m'avez écrit que vous ne craigniez au monde que mon mépris. Vous ne savez donc pas, enfant, qu'où il y a douleur, il y a pour la femme impossibilité de mépris?

« Les hommes ne sont pas ainsi, eux! Ils ont un mépris dont ils tuent, dont ils achèvent l'être qui souffre. Vous êtes un homme, Allan ; n'avez-vous pas souvent rougi d'inspirer cette pitié, qui est le sublime ou le misérable mépris de la femme, et que les hommes comprennent si peu qu'ils ne l'acceptent que comme une injure?

« Avant que vous me l'eussiez avoué, je savais, Allan, que vous n'aimiez plus ma fille. Hélas!

je reconnaissais en vous l'histoire de tout ce
qui est humain. — Mépris sur la nature humaine, mais que la personne qui souffre de ce
mépris soit absoute et pleurée! Voilà ce que
je me disais. Ah! ma pitié vivait toujours,
indestructible. Elle était si forte, Allan, que le
jour de votre mariage, en vous voyant à l'autel,
sombre et pâle, je devinai ce que vous avez
cru m'apprendre. J'entr'aperçus que ce mariage
n'était plus qu'une loi de fer à laquelle vous
tendiez le cou, et j'eus la pensée de le briser
avec un mot. La vue de Camille m'arrêta; car
ce mot, dit pour vous, la frappait, elle, au
milieu de sa joie. Elle était la moins forte.
Elle était coupable aux yeux du monde. Elle
n'avait pas le beau courage d'affronter des
mépris amers... Vous, à elle ou sans elle,
seriez-vous plus heureux, Allan?... Combat
terrible, qui s'agitait tumultueusement dans
mon âme, mais qui se décida en faveur de la
plus faible... de celle qui plus tard devait être
abandonnée! Ma pitié vainquit ma pitié, et je
détournai le visage pour ne pas voir cette
bénédiction qu'un prêtre plonge si souvent au
flanc de deux âmes comme un couteau de
sacrifice, et je laissai tomber, dans mon hor-

reur de la destinée, tomber sur vos vies le sceau
de l'irrévocable où la main de l'homme n'a
pas tremblé en écrivant le nom de Dieu, parce
qu'il y avait encore plus irrévocable que cette
loi sacrilège, — c'était le malheur qui vous attendait tous les deux!

— Et il est venu, — disait Allan, — et il
ne nous a épargnés ni l'un ni l'autre! » — Et il
cachait son front dans les draps d'Yseult,
comme s'il eût voulu le soustraire au joug inévitable dont il se plaignait.

— « Oui! il est venu, — reprit Yseult, en
baignant ses longues mains dans la chevelure
bouclée de son beau-fils. — Mais puisque vous
aimez votre enfant, Allan, vous avez un intérêt
dans la vie et la partie n'est pas encore perdue
par vous contre le destin. Elle le serait, Allan,
que je voudrais vous encourager, vous relever
de dessous vous! Vous êtes un homme, vous
devez être plus grand que moi, à qui le cœur
a failli. Soyez-le! Ayez la force qui manqua à
la pauvre femme!

— Pourquoi me faites-vous cette prière? » —
dit Allan, en relevant la tête avec une vibration
nerveuse dans la voix; augures qui se regar-
daient en face et qui ne pouvaient se tromper.

Elle ne rit pas, mais baissa les yeux sans répondre.

— « De la pitié ! Toujours de la pitié ! — fit Allan, après un silence, avec la voix brisée de la pensée qui avait répondu pour elle. — Toujours de la pitié, dans son exécrable impuissance ! Faites-m'en grâce ! J'en suis fatigué. Ne me parlez pas de grandeur, Yseult ! Voyez-vous, je ne vous croirais pas ! Votre voix mourrait à vos lèvres. Vos paroles, creuses de conviction, ne seraient qu'un stérile et vain bruit. Je ne vous croirais pas plus que vous ne le croyez vous-même ! Au nom de quoi voudriez-vous me persuader ? Au nom de l'orgueil ? Vous n'y croyez plus. Au nom de Dieu ? Femme malheureuse, vous n'y croyez pas davantage ! Que devient la grandeur humaine, quand Dieu et l'orgueil n'existent plus en nous et nous ont laissés dans nos ténèbres ? Yseult, un non-sens, plus stupide encore dans ta bouche que dans la mienne, et une intolérable dérision !

— Vous avez dit vrai ! » — répondit-elle, et elle retomba accablée, en mêlant ses cheveux sur les oreillers où elle traîna la tête avec pesanteur, les tordant, comme des câbles rongés

par le sel marin du naufrage, autour de son
cou renversé.

— « Tenez! — ajouta-t-elle d'un accent
affreux dans sa voix sans timbre, reprenant son
enfant qu'elle avait au sein et qu'elle en arracha
avec le bruit d'une succion interrompue, abrupt
arrachement qui cercla le bout de la mamelle
d'un sang rose et décoloré, et l'enfant roula
sur les pieds du lit. — Et puisque je ne puis
rien pour vous, que jusqu'à cette pitié bête et
cruelle soit maudite! Allez-vous-en, et laissez-
moi mourir! »

XX

AIS Allan, ni cette nuit-là ni les
suivantes, n'obéit à l'ordre désespéré de madame de Scudemor, et
elle ne le répéta pas. Elle le laissa
veiller à son chevet, lui donner de temps en
temps quelque breuvage, la soulever sur son
lit, chaque jour plus écrasé et plus dur. Soins
physiques qu'elle payait d'un merci doux et
découragé, et qui ne la tiraient pas de son silence. Que lui aurait-elle dit maintenant? Tout
était dit. Sa parole lui était retombée sur le
cœur comme un lourd rocher. D'un autre côté,

peut-être la douleur qu'elle endurait était-elle
la cause de son retirement en elle-même? Dans
les âmes d'une certaine trempe, toutes les dou·
leurs isolent, même les moins nobles.

Le mal s'aggravait. Le médecin avait entre-
tenu Camille de ses funèbres prévisions. Celle-
ci ne se rendait pas compte de ce qui faisait
mourir sa mère, mais elle voyait bien qu'elle
allait mourir. Un soir, elle baisa, avec le respect attendri dont les mourants nous émeuvent,
la main froide et gluante d'Yseult, et elle se
retira chez elle, au désir d'Allan, à qui un pressentiment annonçait que cette nuit serait la
dern'ère à veiller auprès de la couche d'où
s'exhalaient déjà, dans les souffles de la femme
expirante, un avant-goût d'odeur de la tombe.
L'air de la chambre était asphyxiant de chaleur
fiévreuse, et, comme Allan craignait que cet air
vicié ne fût mortel à la fleur délicate de quelques jours qui y était exposée, à cette pauvre
enfant qui le respirait péniblement, tant il était
épais pour sa jeune poitrine, dans les tissus
échauffés du lit de sa mère, il l'en arracha et
la porta auprès de la fenêtre, qu'il ouvrit. Les
jasmins jaunes répandaient leurs méridionales
odeurs. La campagne était silencieuse. On eût

entendu frémir les étoiles dans l'air profond,
si leurs scintillements n'étaient pas aussi muets
qu'une pensée heureuse. C'était une nuit pla-
cide à faire croire à l'éternité de toutes choses.
Allan semblait puiser de la vie pour l'enfant
fragile à ce réservoir de l'Être, à ce beau lac
bleu dans lequel nageait toute la création endormie, et l'enfant, au sein des jasmins et sur
la musculeuse poitrine de son père, recevait
par torrents sur la tête et sur les épaules un
baptême de force et de vie dans ces mysté-
rieuses ondées qui tombent, sans qu'on les
voie, du ciel.

La respiration d'Yseult traînait, comme un
râle, dans le silence. La rosée fécondante dans
laquelle Allan trempait sa fille et dans laquelle
se rajeunissait la nature, aurait-elle lubrifié le
marbre de ce front obscurci et suintant péniblement cette sueur de l'instant suprême, huile
dont s'oint l'athlète pour le combat dans cette
grande gymnastique de la mort?... Aurait-elle
apporté le bien d'un rafraîchissement éphémère
aux ardeurs de ces veines dont le bleu devenait
de plus en plus noir? Allan n'y pensa même
pas. Il inondait sa fille d'air pur, de nuit, de
parfums, de caresses, et la mère mourait à

l'autre extrémité de la chambre, et, dans l'égoïsme de son sentiment paternel, il ne songeait pas à cueillir pour la mère une tige de ces jasmins embaumés qui, posée sur la bouche de la mourante, lui eût apporté une sensation douce et bonne à l'heure où tout est supplice et angoisse !

Tout à coup, Yseult l'appela auprès d'elle. Il y alla, après avoir déposé sa fille sur le canapé, surpris qu'elle eût recouvré une connaissance qu'il croyait perdue... Elle s'était soulevée sur son coude, — la position de toute sa vie depuis que les passions avaient cessé de l'agiter, depuis que des quatre points cardinaux nul souffle n'était venu se jouer autour de la colonne écroulée. Elle ressemblait au convive antique rassasié, et qui va quitter le festin. Mais le poison tari aux coupes vides se répandait, comme une mortelle ciguë, en teintes verdâtres et mobiles aux surfaces du sein qui l'avait englouti :

— « Allan, Allan, écoutez-moi ! — lui dit-elle, — car je sais que je vais mourir. Les hommes croient que la volonté des mourants est sacrée. Si vous le pensez aussi, vous, écoutez-moi ! Ne donnez pas mon nom à ma fille. Je ne veux

pas que mon souvenir reste après moi. Je ne
veux pas que vous lui parliez jamais de sa
mère. Ce n'est pas pour moi, ce que je vous
demande, c'est pour elle! Que ma fille me
méprise, mon mépris me fait plus de mal que
le sien; mais pour elle, au nom de Dieu! si
vous avez le bonheur d'y croire, ne la faites
jamais rougir et souffrir en lui parlant quelquefois de moi.

— Quel abîme êtes-vous donc? — fit Allan,
en prenant la main qu'elle tendait vers lui. —
Ah! Yseult, Yseult, être de continuel sacrifice,
qui aurait le droit de vous mépriser ici-bas?

— Moi-même! — répondit-elle, avec une
voix rigoureuse. — Les approches de la mort
jettent un jour inattendu sur le passé, jusque-
là mal jugé par nous. Depuis trois jours, vous
m'avez crue accablée, et je repassais au dedans
de moi ma vie entière. Cette vie n'a pas trouvé
grâce devant moi. Il n'y a pas un des faits de
cette misérable vie qui soit sain et sauf de mon
mépris. En vain, dans l'amour comme après
l'amour, me suis-je toujours sacrifiée. En vain
ai-je été bonne encore, quand je ne pouvais
être aimante. Ce n'était pas assez que cette
bonté d'instinct qui décidait de mes résolutions.

Ah! sans doute, il y a quelque chose de plus
parfait que de pareils sacrifices, puisque de
pareils sacrifices ne nous absolvent pas à nos
propres yeux!

« Mais quoi? Quoi encore? — répétait-elle
avec une anxiété pensive, sans grands tourments
mais bien touchante, laissant sa main dans
celle d'Allan et ne regardant plus que dans
son âme, avec ses yeux fixes. — Comment
s'appelle ce but manqué, qu'on a cherché et
qu'on avait cru atteint depuis si longtemps?
Est-ce une ironie du Sort? Un châtiment de la
Providence? Dites-nous lequel est moqueur ou
stupide! Ah! c'est moi qui blasphème et non
pas lui; car il y a un monde de pécheurs —
comme disent ceux qui croient — réconciliés
avec eux-mêmes, des âmes qui se croient par-
données dans leur cœur, des créatures réfugiées
et tranquilles dans la loyauté de leurs intentions. Il y en a. J'ai un jour compté parmi elles,
quand la pitié m'entraînait comme l'amour
m'avait entraînée, quand la fierté était immolée
chaque fois que s'offrait une douleur à apaiser.
J'ai connu cette paix qui me fuit... Et si, aujour-
d'hui, elle m'abandonne, est-ce donc que mourir m'a frappée d'une imbécillité nouvelle?

« O Allan ! il est des mystères dans lesquels la
pensée de l'homme jette sa sonde, mais,
femme, je n'ai rien sondé, rien découvert ni
rien appris. J'ai passé sur cet Océan de la vie
dont j'ai bu l'écume et le sel, et je n'ai pas
jeté une seule fois mes filets démaillés au fond
de ses gouffres, car je savais qu'ils ne me rap-
porteraient ni une joie, ni une espérance.
J'ignore ce qu'il y a de l'autre côté de la tombe,
mais je ne m'en épouvante pas. Seulement, en
cet instant, pourquoi ma pitié me paraît-elle,
petite et mauvaise autant qu'autrefois elle me
paraissait grande et bonne ? Pourquoi ne fais-je
pas quartier à cet instinct irrésistible que j'ai
cru si longtemps généreux ? Pourquoi l'insulté-
je à mon dernier jour ?... Ah ! j'ai l'âme encore
assez ferme pour ne pas rejeter l'insulte que le
monde répond aux intentions pures. Qu'ils
m'appellent, s'ils veulent, une prostituée ! Ils
n'ont pas vu l'amour, ils n'ont pas vu la pitié
qui m'emportaient, errante, aux bras d'hommes
lâches et inexorables. J'accepterai sans effort
le mot sanglant qui résume ma vie. Pourquoi
donc, maintenant, ma pitié, que je frappe et
que j'apostasie ? Ah ! si au lieu de mourir
comme je meurs il fallait recommencer de

vivre, que me resterait-il sans ma pitié? L'amère chose que cette ignorance! Ne plus croire en ce qui dirigeait la vie, chercher en vain un autre motif dans les ténèbres de la conscience muette, et se punir par le remords et le froid du mépris de ne l'avoir pas su trouver! »

La douleur d'Yseult était presque sainte. Elle l'élevait au-dessus d'elle-même. Allan se rappelait le temps où il l'avait nommée une créature supérieure. Il voyait à quoi se réduit la supériorité de la femme, qui n'a jamais que des facultés sensibles et qui en est toujours la victime, en vertu autant qu'en bonheur. Ce quelque chose qui échappait à Yseult, quand le roseau sur lequel elle s'appuyait avait percé ses mains, ne lui échappait pas, à lui... Il comprenait, à ce moment solennel, comme par une intuition subite, quelle doit être l'austérité de l'existence! Ainsi, l'homme reprenait sa place, pendant que la femme mourait à la sienne...

Il lui prenait la main en silence, et souhaitait pour elle que la mort, dont son visage portait l'empreinte, vînt finir des souffrances morales pour lesquelles il ne connaissait plus de soulagement. Yseult avait roulé sur son lit

dans l'agitation de ses dernières paroles. Sa
voix s'attachait de plus en plus à son gosier.
L'œil avait fui sous sa paupière. Une roideur
convulsive tendait ses membres à les déchirer,
et du sein de cette cruelle agonie, elle disait
encore :

— « Eh bien, je revivrais ma vie, que cette
pitié deux fois maudite, inutile pour ceux à
qui elle se sacrifie, vide de la sainteté du plus
simple devoir pour ceux qui l'éprouvent, que
cette pitié involontaire serait obéie et que j'en-
courrais de nouveau mon mépris! Oui! Dieu
me dirait : « Voilà le but que tu ignores! » et
dans sa miséricorde infinie il le mettrait à la
portée de ma main, que je n'écouterais pas
Dieu lui-même et que je me précipiterais
comme une folle dans cette pitié qui n'est pas
une vertu, et qui fut seulement la mienne. O
femmes! que sommes-nous, puisque nous ne
nous corrigeons pas de nos faiblesses? Nous
nous méprisons, et nous ne nous repentons
pas! »

Sa voix se perdit dans ces derniers mots. Sa
respiration devint muette... Le silence du dehors envahit la chambre. L'enfant même, sur
le canapé, reposait d'un sommeil paisible.

Allan était debout auprès du lit funèbre,
comme un prêtre; mais il est des âmes qu'on
n'assiste pas et pour qui toutes les religions
humaines, amour, amitié, respect, souvenir,
sont impuissantes comme la religion même de
Dieu. Tantôt il attachait ses yeux sur cette tête
livide où couraient déjà, aux suaves clartés d'un
albâtre timidement rosé, les teintes hâves et
violacées d'une décomposition prochaine; et
tantôt il les relevait, comme pour les purifier,
vers le ciel, qu'on voyait, par la fenêtre ouverte,
d'un azur aussi fleurissant que s'il venait d'é-
clore à l'heure même, comme une des belles-
de-nuit du jardin. Il comprenait mieux le culte
de l'Invisible. Yseult, quoique son visage fût
tourné du côté de la fenêtre, ne souleva pas
une seule fois les yeux sur ce ciel si beau...
Non! elle mourait sans poésie, comme elle
avait vécu, ne se doutant pas qu'il y eût au
monde une nature à aimer encore quand le
cœur épuisé n'aime plus rien. Parfums, silence,
ombres, rayonnement d'étoiles, cette nature
parait le lit de mort de celle qui l'avait méconnue, de toutes ses sérénités. Tout à coup, à
travers l'immense et diaphane espace, minuit
sonna au clocher d'Ifs, paroisse qui n'était pas

loin de là. Il sonna en heures légères et perlées
qui tintèrent et s'évanouirent dans l'air amorti
de cette nuit sans échos, quand, poussée par je
ne sais quelle vague et fatale inquiétude, Camille entra dans la chambre d'Yseult. N'y avait-
il que le pressentiment de l'agonie de sa mère
qui l'avait troublée dans son sommeil?...

Allan, en la voyant entrer, ne devint pas
plus pâle. Son œil qui cinglait, dans le mouvement plus fier et plus pur de sa pensée, du
lit de la mourante vers le firmament éternel,
alla droit à Camille et resta sur elle. Nulle
horreur n'effleura son front d'où s'exhalait la
teinte automnale d'une souffrance qui va finir.
Il demeura calme, comme l'avait été, durant sa
vie, la femme qui mourait pour lui. Pour la
première fois, il se sentit fort, contre la colonne
de cette couche, fort de toute une destinée
qu'il acceptait, et doux comme l'âme qui
l'accepte... Mais à peine si Camille le remarqua... Du seuil de la chambre, son regard
était tombé sur cet enfant qui dormait, dans
les plis ouatés d'une couverture de satin
rose, comme un Amour antique dans sa conque
de nacre.

Elle poussa un cri déchirant, — puis elle se

précipita vers le lit de sa mère, et, saisissant de
ses deux mains l'agonisante par ses longs cheveux, elle la souleva ainsi, malgré les efforts
d'Allan pour lui faire lâcher prise, et, désignant
l'enfant qui dormait :

— « Si tu n'es pas morte, Yseult, — hurla
l'impie, — réponds-moi ! A qui est cet enfant ? »

La douleur que la cruelle Camille lui causa
n'arracha pas un cri à Yseult. Elle ouvrit un
œil sans courroux, et répondit :

— « Il est à moi.

— Et à qui encore, femme menteuse ? » —
reprit avec rage la jalouse trompée.

Yseult, qui expirait, eut assez de force pour
prononcer distinctement le nom d'un de ses
valets.

— « Cela n'est pas vrai, — dit mélodieuse-
ment Allan. — Vous avez deviné, Camille. Cet
enfant est à moi. »

A cet aveu de son mari, la malheureuse roula,
comme une masse, sans connaissance, sur le
tapis. Mais ses mains, qu'elle avait impliquées
dans les cheveux de sa mère, entraînèrent la
tête débile d'Yseult et la firent pendre du lit
vers la terre. Allan chercha à les en dégager.
Il ne put jamais. Il fut obligé de couper avec

des ciseaux les cheveux d'Yseult. Au moment
où il la relevait sur le lit, elle lui dit :

— « A elle plutôt... » parole presque inin-
telligible qu'elle ne put achever.

Alors, comme il avait relevé celle qui était
trépassée, il releva celle qui était évanouie.
Camille reprit bientôt connaissance. Quand
elle r'ouvrit les yeux, elle aperçut son mari
debout, mais près d'elle, le drap rejeté par lui
sur la figure d'Yseult morte, et les cheveux
coupés, épars, sur le tapis. Elle fut saisie
d'amertume en voyant ces choses...

— « Tu ne m'aimais plus ! — dit-elle à Allan,
avec angoisse. — A présent, tu vas me haïr ! »

Et elle se mit à pleurer. Il ne répondit point,
mais il l'embrassa sur le front. Baiser paisible,
qu'il donna d'une lèvre pleine et fraîche. Ce fut
un châtiment pour elle. Ce ne fut pas même un
effort pour lui ; ce ne fut qu'un bon sentiment.
Quand il l'eut embrassée, il retourna vers le
lit d'Yseult, s'assit auprès et continua de veiller.
Il ne dit point à sa femme : « Va-t'en ! » — et
elle ne s'en alla pas. La lampe s'éteignit vers
une certaine heure, et le reste de la nuit
s'écoula, noir et silencieux... Quand le jour
vint, l'enfant réveillée criait dans sa couverture

de satin rose. Camille, pliée en deux à la même place où Allan l'avait mise après l'avoir relevée, poursuivait sa stupide insomnie, sans se retourner aux cris de l'enfant qui pleurait. Les entrailles du père entendirent mieux. Il se leva, prit la petite créature, qui chercha vainement la mamelle à la poitrine de son père. Spectacle étrange! c'était l'homme qui tenait l'enfant. Il l'emporta de cette chambre odorante et malsaine où sa mère venait de cesser de vivre... Camille le suivit, la tête basse et en silence, repassant, brisée et confondue, sur le seuil qu'elle avait franchi rapide et terrible...

Quelques heures avaient suffi pour cela.

ÉPILOGUE

ÉPILOGUE

———

ALLAN A ANDRÉ D'ALBANY

Aux Saules

NDRÉ, vous savez mon histoire. Elle servira à vous faire comprendre ce que j'étais et ce que je suis devenu. Elle servira à vous introduire dans le caractère et la position de votre ami. Vous me l'avez franchement demandée, et je vous l'ai dite. J'ai vaincu pour vous la répugnance qu'on éprouve toujours à revenir

sur une époque de la vie où l'on a été faible
et coupable. Je fus déplorablement l'un et
l'autre. Mais je tiens peu compte, mon ami,
des répugnances de la vanité, parce que, s'il
est une pudeur fière qui ne poursuit pas les
passants des misères qu'elle veut qu'on plaigne
ou qu'on admire, je crois que nous devons
notre vie, de toutes manières, aux autres
hommes. Qui sait si dans la vie la plus obs-
cure et en apparence la plus inutile, Dieu n'a
pas mis quelque grand et mystérieux ensei-
gnement?

« Lorsque, voici tantôt deux ans, j'ai fait
votre connaissance, André, et que vous vîntes
vers moi de toute la force d'une sympathie à
laquelle je me serais reproché de n'avoir pas
répondu par une sympathie égale, vous me
crûtes, m'avez-vous dit depuis, malheureux
d'un amour trahi ou méconnu ; et vous, sur
qui l'amour et le mariage répandaient leur
double félicité, vous me montrâtes un attachement dont je vous remercierais encore, si je
n'avais pas suffisamment appris que nous ne
savons guères ce que nous faisons en nous atta-
chant. L'extrême froideur de mes manières ne
vous rebuta pas. Vous poursuivîtes opiniâtre-

ment cette recherche aimable et de bonne foi, plus éloquente souvent que d'éclatants services, et qui, dans les hommes comme vous, prouve bien davantage. Une telle persistance, et surtout ce que vous avez d'excellent, Albany, cette libéralité de jugement qui classe si largement les hommes et les choses, cette droiture d'âme et cette simplicité forte qui vous donnent, jusque sous votre frac et dans le sans-caractère de notre société moderne, quelque chose de la physionomie des Illustres de Plutarque, me firent enfin répondre à vos avances généreuses. Nous nous étions rencontrés à Paris, dans le monde. Par un hasard heureux, les terres que nous habitions en Normandie touchaient l'une à l'autre. Nous nous vîmes presque tous les jours, et nous nous liâmes d'une de ces amitiés viriles assez dédaigneuses de paroles, toutes retirées au fond du cœur, et dont la vieillesse ne dégradera pas le ciment.

« Jusqu'ici, mon cher André, vous ne connaissiez de moi que des opinions; et quoique en général les opinions soient les moulures de la vie, ce qui est vrai de presque tous était loin de l'être pour moi. C'est ainsi que d'abord vous m'aviez jugé malheureux par l'amour, et

qu'en me connaissant davantage vous êtes venu
bientôt à en douter, tant ma manière d'envi-
sager le sentiment vous a paru différente de
celle que vous attendiez. Et la chose vous a
semblé si forte, que, ne sachant à quoi vous en
tenir sur la valeur de vos observations person-
nelles, vous avez abordé la grande question
sans embarras et sans ambage, comme votre
amitié, du reste, vous en avait depuis longtemps donné le droit.

« J'ai vécu quatre ans par le cœur. Tous les
sentiments de ces quatre années, je vous les
ai racontés, Albany. Ce n'est pas une histoire
bien nouvelle et tout peut en sembler vulgaire,
— mais c'est de la vie, comme la vie est faite.
Ce qui est moins commun, certainement, c'est
Yseult. Je m'étonne moi-même qu'après l'avoir
aimée avec autant d'idolâtrie, j'en sois arrivé
à aimer Camille. Mais, puisque le second
amour a péri comme le premier, à présent
que dans les lointains du passé je n'aperçois
plus, quand je me retourne, que la grande et
pâle figure de la mère, voilée un instant par la
fille, qui reparaît, — non pour m'émouvoir, mais
pour me faire ressouvenir, — est-ce témérité
de penser que ma vie de cœur est finie, et

que les passions rassasiées et frappées à mort
n'en peuvent plus?...

« A la vérité, ce n'est pas là ce qu'elle me
dit avant de mourir, cette prophétesse longtemps méconnue et dont j'ai reconnu plus tard
la divination redoutable. Elle me prédit que
j'aimerais encore. Mais, sans doute, ma jeunesse l'abusait. Elle avait vécu davantage,
quand la sève de sentiment et de pensée qui
coulait en elle sécha au pied de l'arbre blessé.
Elle n'imaginait pas qu'à vingt-trois ans je pusse
être ce qu'à trente ans elle n'était pas. Il y
avait dans cette hâtiveté quelque chose qui
faisait mon infortune plus grande et plus longue que la sienne, et qu'elle ne prévoyait pas.
Ce n'était point la vanité de la douleur qui la
faisait penser ainsi ; mais le désespoir n'exa-
gère-t-il pas comme l'espérance? Elle ne savait
pas qu'il y avait une vie dévorée plus vite que
la sienne, — la vie de celui qui l'aurait regardée
mourir!

« Je dois vous l'avouer, Albany, cette mort
a eu sur moi une formidable influence. Peut-
être eussé-je repris goût aux décevantes joies
du cœur, et redemandé à la jeunesse des illusions dont il est si rare de vouloir guérir, quoi-

qu'elles tuent. Mais les derniers instants d'Yseult
ont supprimé même les plus vagues appétits
qui vivaient, à mon insu, au plus ignoré de
mon cœur. Jusque-là, j'avais été un homme
passionné, — passionné comme cette femme
malheureuse, qui, la passion morte, n'avait pu
rien être après. Je l'entendais me demander ce
qui pouvait diriger la vie, puisque la bonté de
l'âme, cette pitié qu'elle croyait sublime, voilà
qu'elle ne lui suffisait plus pour s'absoudre! Et
moi, je ne répondais pas à ce doute, à cette
ignorance cherchant à mains acharnées à se
prendre dans le vide immense... Je ne répondais pas, mais j'entrevoyais... Il se passait dans
mon âme — et pour la première fois! — une
étrange chose. Savez-vous ce que c'était, Albany? C'était l'intuition du devoir.

« Mon ami, je pris rang d'homme de ce
jour. Mais cette idée, qui avait germé dans
mon âme à la voix découragée d'Yseult, je ne
l'en tirai pas pour la lui donner. Je gardai la
réponse à la question désolante et mille fois
répétée. L'aurait-elle comprise si je l'eusse
laissée échapper? Et si elle ne l'avait pas aveu-
glément repoussée, n'en eût-elle pas été dé-
chirée comme d'un froid et tranchant acier?...

Le mal était irrémédiable. Je me tus, et la laissai crier et mourir. Depuis, je me suis reproché cette conduite. Dans le doute d'être compris par elle, je ne devais pas lui épargner de souffrir. J'agissais comme elle avait agi toute sa vie. Mais la morale n'est point, comme on l'a dit, de ne pas imposer de douleurs. Il est bon même que la douleur soit imposée ! Que les larmes coulent ! Rien n'est inutile devant Dieu. Et la vie, non pas seulement en nous, mais dans les autres, mais partout, la vie ne nous a été donnée que pour être prodiguée dans de nobles buts !

« C'est que depuis, mon cher André, j'avais réfléchi sur cette notion de devoir, qui répandait sa sereine lumière dans la nuit de mon âme, comme un pur flambeau allumé à la torche funéraire du lit des mourants. Je l'avais séparée de tout ce qui n'était pas elle, et j'étais résolu de la faire prédominer sur ma vie. O mon ami, je trouvai bien des résistances, bien des murmures, bien du sang qui se remit à couler et que je croyais n'avoir plus ! Les souvenirs parlaient haut. Les regrets plus haut encore. La soif infinie de félicité redemandait impérieusement à boire, mais, honteux de ma

coupable jeunesse et ne croyant plus à l'amour,
je me pris à l'idée infrangible, et elle ne croula
pas sous mes embrassements. Hélas! j'avais
moins de mérite que ceux dont la lutte est
continuelle et acharnée; car le désert était
dans mon cœur... Les hennissements du désir
ne troublaient plus l'intelligence et ne l'arrachaient plus à cette grande abstraction du
devoir, incompréhensible à des natures trop
passionnées. Ce qui entravait ma marche stoï-
que, c'était la chaîne brisée et sanglante qui
pendait derrière moi; — ces souvenirs scellés
les uns dans les autres comme des anneaux
d'airain, et que je traînais! Je n'ai jamais pu
rien oublier. Les pieds que la lave brûla y restent empreints quand elle est durcie; mais sur
la lave de mon âme, c'est le pied qui brûle, et
son empreinte qui ne froidit pas! Je savais
bien que tout était fini sans ressource. Je n'aurais pas voulu qu'il en eût été autrement, et
cependant revenaient, comme à la charge, dans
ma pensée, tous les détails de ces temps d'une
volupté torréfiante et anéantie, et qui, eux, en
réalité, ne reviendraient jamais! Et cependant,
l'imagination, par laquelle j'avais vécu avec
tant d'énergie, me poursuivait de ses tableaux,

comme pour me dire : « Tout ce qui n'est pas
moi est néant ! » Mal des passions ! mal inévitable ! On ne l'éprouve plus. On en est guéri,
et c'est bien. L'âme a cessé d'être active de
cette activité absorbante dans laquelle la vie
s'est perdue sans qu'on la regrette, et Dieu a dit
que tout ce bonheur serait bien court, et la
mémoire que l'homme doit en garder, infinie !

« Ils proclamaient que j'étais né poëte. Le
fait est que l'imagination était la seule faculté
développée en moi. Je lui livrai plus d'une
bataille. Si c'est là être philosophe, j'accepte le
titre ou l'injure. Je sentais bien, d'ailleurs,
que je ne pouvais être que cela. Quand on a
été heureux par l'âme, c'est une fatalité, l'âme
reste dans toutes vos pensées, et toujours, toujours, on lui demande pourquoi il se fait qu'on
n'est plus heureux jamais par elle ! Joie et
souffrance sont des mystères qu'on ne peut
s'empêcher de sonder, quand on les a éprouvées. Alors, il n'y a plus que l'homme intérieur
qui intéresse, et la réflexion ne saurait se détourner du dedans de nous.

« Comme tous ceux qui ont goûté du fruit
de l'arbre des passions, comme tous ceux qui
ont connu les songes enivrants sous ce man-

* cenillier funeste, je ne m'émeuvais d'aucun
des buts extérieurs de la vie et je répondais à
tous les intérêts des hommes par un sourire de
mépris. Les Anges exilés s'ennuient du ciel
aux joies du monde. Mais l'homme qui s'ennuie de son ciel perdu n'est pas seulement
triste, il a un dédain implacable. On traverse
les foules, mais on ne s'y mêle pas ; on les
scinde... L'ennui, couché orientalement sur
votre front dévasté comme dans un pandémo-
nium désert, laisse tomber d'acérés dédains
sur les lèvres, et les lèvres ne les gardent pas !
Cela est mauvais, Albany, car cela n'est pas
juste. Mais l'esprit l'a dit bien longtemps avant
que la volonté se soit conformée aux nobles
rigueurs de la raison. Néanmoins, comme la
vie ne me semblait belle qu'à la condition
d'être un perpétuel sacrifice, peut-être, malgré
l'instinct rebelle, serais-je entré dans une de
ces carrières actives que je mesurais de si haut ?
Mais j'avais assez de dévouement à accomplir
sans passer le seuil de ma porte. Dieu m'avait
donné deux enfants.

« Mon ami, qu'on s'exagère ou non sa puissance, l'homme n'est qu'un, et par conséquent
la sphère de ses devoirs étroite. S'ils vous

disent le contraire, ne les croyez pas! Je
dirais presque que nous n'avons qu'un seul
devoir à accomplir ici-bas. D'un autre côté,
l'action est la vraie grandeur de l'homme. L'action l'emporte sur la pensée de toute la beauté
de la volonté accomplie. Voilà pourquoi je ne
me plongeai pas seulement dans ces médita-
tions sur nous-mêmes dont le charme est compris de tout ce qui a l'expérience de vivre.
J'agis donc, et non pas dans une sphère
immense où j'aurais affaibli la nécessité des
devoirs en les multipliant autour de moi, mais
dans la juste mesure de mes forces. J'avais
deux filles. Je pensai à leur avenir et je me
consacrai à elles. Allez! c'est chose pénible et
qui vaut la peine d'être tentée, que d'élever
deux femmes, quand on veut leur faire éviter
l'écueil où sont venues se briser leurs mères.

« Un homme s'élève toujours bien seul, mais
s'il est une vérité commune, c'est que la femme
a une sensibilité plus grande et moins de
moyens que les hommes pour y résister. La
société, que les hommes ont faite, les lance
nues parmi toutes ces armures contre lesquelles
elles se serrent avec l'infinie tendresse de leurs
âmes, et qui les meurtrissent et les écrasent.

Ah! les mœurs ne changent que de costume.
Sur ces mains lavées à la pâte d'amande et
enfermées dans un gant blanc, il y a un gan-
telet de fer, je vous l'assure. On ne l'y voit
pas, mais il y est. Regardez-en plutôt la marque
au poignet saignant de vos filles! C'est par
l'éducation, Albany, qu'on peut garantir la
frêle destinée de la femme, — non pas de la
souffrance, car souffrir souvent perfectionne,
mais de l'abaissement qui dégrade. Telle est
ma tâche, à moi, mon ami, qui n'ai plus celle
de faire le bonheur de personne, dans ce
monde où j'ai à vivre presque tous mes jours!

« Elle répétait aussi, Yseult, que l'amour
des enfants n'était pas plus éternel que les
autres, et je n'oserais pas dire qu'elle se trom-
pât. Les plus beaux s'en vont, pourquoi ceux
qui n'ornent que la vie au lieu de s'en emparer,
ne nous abandonneraient-ils pas aussi? Mais,
que je cesse d'aimer mes filles comme j'ai
cessé d'aimer leurs mères, l'idée du devoir
m'empêchera de me détourner d'elles comme
il était arrivé à Yseult, et mes filles, Jeanne et
Marie, trouveront toujours en moi leur père,
que mon cœur batte sous leurs caresses ou
qu'il n'y batte plus.

« Quant à ma femme, que puis-je pour elle ?
Pas même un mensonge. Elle n'y croirait pas.
D'ailleurs, j'ai juré devant Dieu d'être fidèle
et sincère, et si le premier serment était
impie, le second ne l'était point ; car l'homme
peut être toujours vrai, — l'obligation de toute sa
vie souscrite solennellement une fois de plus, —
et c'est en restant sincère avec Camille que je
devais expier mes anciennes faussetés. Je ne
lui donne pas même les caresses de frère à
sœur. Ne lui paraîtraient-elles pas la plus
cruelle des ironies? Depuis la mort de sa mère,
ce dernier jour où elle fut jalouse et implaca-
cable, ce caractère passionné, cette âme orageuse a fléchi. Moi-même, je ne m'attendais
guères à ce qu'elle est devenue. Je la laissai se
replier sur elle-même, et je comblai le creux de
mes journées en m'occupant de la petite Jeanne
(la fille d'Yseult) qui n'avait plus de mère,
quand la fille de Camille en avait une. J'étais
cruel, je le savais, Albany ; mais j'avais des
devoirs vis-à-vis de mon enfant. J'étais cruel,
— mais en agissant autrement, peut-être l'aurais-je été davantage ?

« O mon cher André, je tremble de vous
entr'ouvrir ces mystères amers d'intérieur, cette

isolation dans le mariage, l'amour blessé qui
gémit ou se dévore dans le silence, et cette
misérable délicatesse qui souffre en nous en
présence des tourments dont nous sommes
cause, et qui les redouble au lieu de les
apaiser! Ignorez à jamais ces détails arides, et
puisse la destinée rester la même pour vous
comme pour le cœur qui vous est uni! Que
votre blanche Paule, à laquelle vous avez donné
vie pour vie, n'ait jamais à souffrir des peines
de Camille! Qu'elle n'apprenne point par son
exemple ce dont la malheureuse se tait! Vous
comprenez pourquoi, maintenant, elle n'a pas
répondu avec ferveur aux politesses de votre
aimable femme. C'est une heureuse; c'est
presque une ennemie. Hélas! voilà comme nous
sommes tous, quand nous souffrons. Si elle se
décidait à aller vous voir, vous et Paule, je ne
doute pas que la vue de votre bonheur domestique ne la replongeât dans les plus horribles
angoisses. Moi qui n'aime plus et qui m'efforce
d'être austère, Albany, quand je vais vous
voir, savez-vous que je ne vous quitte pas sans
trouble? Il y a dans cette union du mariage,
dans la contemplation la plus fugitive des surfaces de l'amour heureux, quelque chose qui

parle aux désirs trompés une langue éloquente
et sacrée. On les réveille et ils vous déchirent,
vous, leur vieille pâture, comme si vous étiez
une proie nouvelle à tuer encore!

« Pas un détail physique, alors, qui ne soit
redoutable! Pas un qui ne soit une occasion
de douleurs! Chez vous, Albany, tout est pur,
tout est calme, tout respire la paix dans la
tendresse, tout s'harmonise avec votre amour.
Quand je m'en approche et que j'ai franchi
cette porte dont le marteau reluit au soleil et
qui n'a jamais pesé à la main de l'homme qui
demande un asile; quand je suis passé entre
ces deux pilastres où sont assises, sculptées
avec leur svelte corsage et leur museau effilé au
vent, les deux blanches levrettes, symboles de
fidélité et de vigilance, il me semble déjà que
le ciel est plus bleu et l'air plus doux qu'au
château des Saules. Cette chaste et élégante
demeure est si simple, si petite, si gracieuse,
avec ses vignes ambrées qui serpentent alen-
tour comme une écharpe pleine de caprices,
que le cœur s'y presse en lui-même et s'y tapit
pour être heureux. On sent là que la vie est
bien close et doit l'être, pour que rien n'en
échappe à ceux qui jouissent de ses douceurs,

II.   38

semblable au ruisseau de dessous vos figuiers,
dont les larges feuilles le protègent avec jalousie, comme si le ciel, en s'y mirant, pouvait en
dérober un peu! Et si on monte le perron
ovale et qu'on entre dans le salon, c'est partout
une trace plus embaumée, un vestige plus
marqué du bonheur qui nous manque, à nous.
C'est une causerie qu'on interrompt avec
regret. C'est Paule, avec ses beaux bras autour
de ces instruments que les femmes mettent
contre leur sein pour en jouer, qui vous fait
pleurer de sa voix pure, et qui nous donne la
nostalgie du bonheur. Ou bien, c'est elle
encore qu'on surprend sur vos genoux, André,
vous, la tête où tout à l'heure elle mettait sa
harpe, et tous deux regardant votre petit
Roméo s'essayant à marcher sur le tapis. O vie
intime! ô vie intime! que vous êtes donc poignante à voir... Mais nul soupir ne soulevait
ma poitrine. N'est-ce pas, que j'étais fort,
Albany? N'est-ce pas, que vous n'avez pas une
seule fois été obligé de dire à Paule : « Cachons-
nous! nous lui faisons mal. » N'est-ce pas,
qu'en présence de ces tableaux frais et riants
je demeurais impassible? Si bien que vous ne
vous doutiez pas, couple heureux et bon,

qu'après avoir repris mon bâton de sorbier au
coin du foyer où j'avais passé la journée, je les
remportais dans mon cœur, ces tableaux, pour
en parer, dans des comparaisons amères, les
murs de ma vaste et triste demeure.

« Ah! voilà ce dont Camille ne saurait
mourir et dont elle souffrirait trop sans doute.
Excusez-la donc, vous et Paule! Vous avez dû
deviner qu'elle était bien à plaindre. Elle a un
air sombre qui dit tout. Cet hiver, à Paris,
dans ces quelques soirées où elle alla et où
vous la rencontrâtes, elle avait une attitude
penchée comme si elle eût craint qu'on lût
dans son âme. Quel contraste elle fait avec
votre femme!... avec sa pâleur olivâtre et ses
flétrissures prématurées, et Paule, avec sa blancheur si suavement rosée, ses cheveux d'or
mourant et le nimbe du bonheur cerclé glo-
rieusement autour de sa tête! — Et que j'ai pensé
en les regardant, sans mieux la comprendre, à
l'inégalité des destinées!

« Mais, vous l'avouerai-je, mon cher André?
cette générosité qui avait ses hauts et ses bas,
ses bons et ses mauvais jours, n'avait pas sur
ma vie le même empire que la pitié sur celle
d'Yseult. En ceci, l'homme est inférieur à la

femme. Qui sait même si j'en eusse été capable,
avant l'accouchement de Camille et le changement qui se fit en elle vers cette époque ? Elle
me donna une fille que j'appelai Marie, et qui
ressemblait extrêmement de traits et de forme
à la fille que j'avais d'Yseult. Cette ressemblance étonnante, vous pouvez en juger, mon
ami ; car les dix-huit mois qui viennent de
s'écouler l'ont précisée davantage. Deux
jumelles ne se ressembleraient pas plus que
ces deux fillettes, et on les confondrait—même
moi et Camille ! — l'une avec l'autre, sans une
marque de la nature qui n'a pas permis que
nous puissions nous y tromper. Elle a fait naître
la fille d'Yseult avec des cheveux blancs, signe
laissé sur son front de la vieillesse de sa mère.
On avait cru qu'ils blondiraient, ces cheveux
naissants, mais, à leurs anneaux longs, épais,
et pleins de sève et d'énergie, on sent qu'ils ne
blondiront pas. Neige tombée sur ce printemps en fleur, qui ne fondra pas où elle est
tombée. Quand Camille aperçut, pour la première fois, sur ce pauvre petit front ingénu,
ces cheveux innocemment accusateurs qui lui
rappelaient des souvenirs terribles, l'infortunée
s'en détourna avec une horreur convulsive.

Elle la garda longtemps, cette horreur. Mais un jour, — au prix de quels efforts? — elle est parvenue à la vaincre. Jamais ni vous ni votre Paule, Albany, ne vous êtes aperçus que Camille baisait avec moins de tendresse la tête blanche que la tête dorée. Jamais vous n'avez vu de différence dans les caresses qu'elle donne à toutes les deux... Jamais vous n'avez surpris ni même soupçonné le mystère d'une naissance que nous avons pu cacher au monde, qui l'aurait insultée. Camille, la trop jalouse Camille, malgré l'amour qu'elle a pour moi encore, ne s'est pas une seule fois démentie! Albany, c'est que la pitié était enfin née en elle, la pitié, héritage de sa mère! la pitié, plus forte que son amour pour moi, qui mourra peut-être bientôt! cette inaliénable pitié qui, quand tout, sentiments et passions, est fauché dans le cœur des femmes, est la seule chose qui ne puisse jamais y mourir. »

FIN DU SECOND ET DERNIER VOLUME

Achevé d'imprimer

Le huit février mil huit cent quatre-vingt-huit

PAR

ALPHONSE LEMERRE

(Bancel, *conducteur*)

25, RUE DES GRANDS-AUGUSTINS, 25

A PARIS

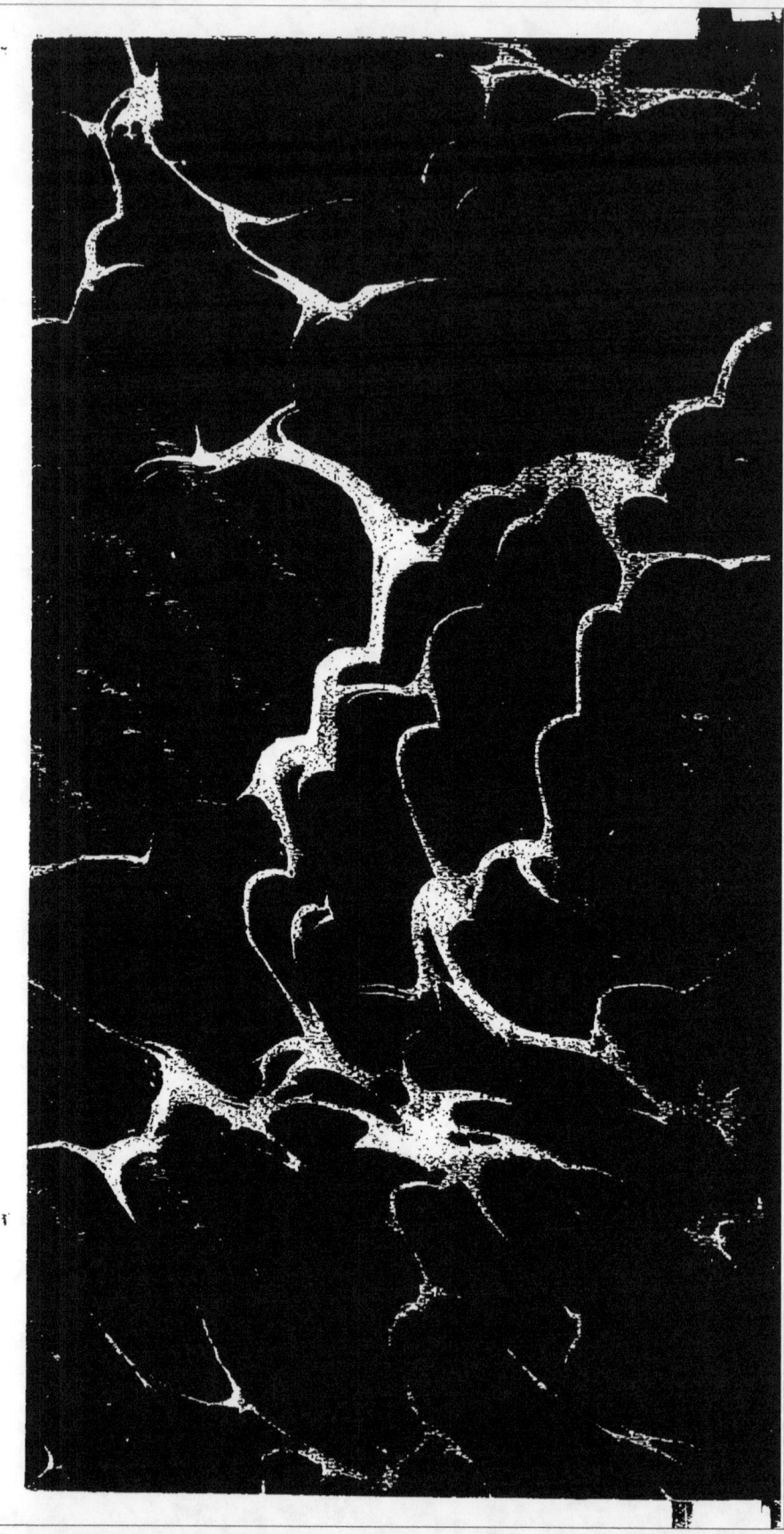